catch

catch your eyes ; catch your heart ; catch your mind······

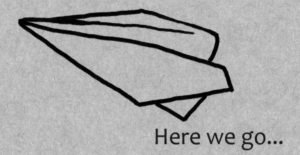

Here we go...

catch　186　西雅圖妙記7
My Life in Seattle 7
作者：張妙如

責任編輯：繆沛倫　美術編輯：林家琪
法律顧問：全理法律事務所董安丹律師
出版者：大塊文化出版股份有限公司
台北市105南京東路四段25號11樓
www.locuspublishing.com
讀者服務專線：0800-006689
TEL：(02) 87123898　FAX：(02) 87123897
郵撥帳號：18955675　　戶名：大塊文化出版股份有限公司
版權所有　翻印必究

總經銷：大和書報圖書股份有限公司
地址：新北市新莊區五工五路2號
TEL：(02) 89902588 (代表號)　FAX：(02) 22901658
製版：瑞豐實業股份有限公司
初版一刷：2012年7月
定價：新台幣280元

Printed in Taiwan

西雅圖
妙記
MY LIFE IN SEATTLE

MY LIFE IN SEATTLE 7
MIAO-JU CHANG

來杯 咖夾

西雅圖妙記 ❼。張妙如。

大塊
LOCUS
文化

K爸伯。

對海外的遊子而言，有時「家鄉的食物」的定義，恐怕要修正一下……

中國知名作家韓寒有澄清過，其實並沒有所謂「韓國人老愛爭說什麼都是他們的」這種事，我這裡純粹只是拿這謠言搞笑（或自以為搞笑），請大家別被我誤導。順便一提，韓寒後來被中國人說他其實是韓國人。

這裡是相關雜思。
人的情感有時真是很奇怪哪，這一年來社會上很多成年媽寶闖了大禍，結果父母出來賠罪但卻又總堅稱兒子本性善良，讓一般社會大眾相當難以接受．．．。

這星期，無意間在西雅圖發現了K爸伯的蹤影，我和大王立刻陷入瘋狂！！K爸伯，曾經在我們士林夜市也賣過，我當連時也很愛吃，說它是我家鄉的食物一點也不過份！！（韓國人都說中秋節是他們的了，我又有什麼好客氣內斂的？）當然，去過歐洲的我也經常在各國看到K爸伯的蹤跡，連挪威也不例外，（荷蘭倒是不太見過），大王要說K爸伯是他的家鄉味，也合情合理！（韓國人萬萬不要以為他們最瘋）。而在美國，卻很奇怪地，不太見得到K爸伯的身影，這就是為什麼，當我們發現了K爸伯會立刻陷入濃濃的思鄉情……

而且，我知大王這一對異國夫妻，原以為我們既沒有共同的過去，沒有共同的背景，只有兩人孤獨地在異鄉（美國也是大王的異鄉）一起創造無法預知的未來，沒想到，在遇見K爸伯之後，我們驚訝地發現，我們的命運早在很久以前，就繫在一起了……

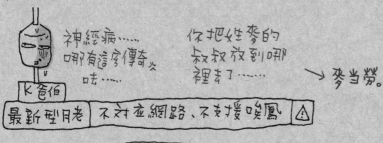

神經病……哪有這麼傳奇呑哧……

你把姓麥的叔叔放到哪裡去了…….

→ 麥当劳。

K爸伯

最新型日考｜不对应網路、不支援唆鳳｜⚠

內行

你這樣根本不对，K爸伯怎能吃雞肉口味的？那根本不是家鄉口味好不好！

本人瀏海
↙ 長長了。

我也知道啊，但我後來就不吃牛了，我有什麼辦法……

其實雞肉的也是好好粗喔，但我知道，我的記憶還很清晰，大王所吃的牛肉混羊肉還是最正統，連我的心都在哀嚎！如果能再讓我回味一次家鄉味多好！也不枉終於在西雅圖遇見K爸伯的難得了！

（接上頁邊條）
有時候，我覺得我的心情確實就像是沒子沒孫的社會大眾，看到一些盲愛國家或民族的人護著自己寵壞了的「骨肉血緣」，我的傷怒實在難以平息。
人人現在都該知道寵溺小孩會出大問題的，可是因為他是你的骨肉你情難自禁，我沒當過父母我確實不知道，但有時候我也是很納悶，感情超越真相和理性範圍真的會比較好嗎？還是這樣真的更有尊嚴些？

還是說，其實很多人也沒真的那麼在意真理不真理，只是看不慣別人家裡有錢能被寵成那樣？
果真如此，這還真是傷我感情啊。

就這樣,我們很快地又找了一天再去拜訪K爸伯,這一次,我当然是抱著「一生只有一次的机会」那樣,決定点那个 牛羊混合的K爸伯!而大王更是了解這个重要性!他偷偷地幫我把普通K爸伯升等到K爸伯套餐……

……(嘆)…這大概就是說,誓言没有放假或請假這回事吧!K爸伯套餐,因為没有像一般正常那樣混料包起來,吃起來的感覺連大王都說差很多…,我那一生只有一次的机会,当然就這樣糟蹋了,没了。剩下的,只有無盡的悔恨和惆悵……

承上頁边條

背後神靈

大王 1/3

今年我無緣無故對大王充滿了敬意和欣賞，甚至在回讀者的信時還會天外突然飛來一筆地讚美起大王（收信人大概覺得我也太誇張了吧？），訴說著我多麼喜歡王（關人家什麼事啊妳）。

因為我突然覺得大王真是厲害，會寫程式會彈鋼琴，開車開得很厲害，很會煮飯，語言能力還相當不錯（至少他的荷蘭語還有小孩等級的實力），聰明又很有運氣。相較於我，我好像除了大家知道的那些天份之外，我對於我不感興趣的東西完全是既沒天份慧根，又碰都不想碰，連開車到現在也還不會路邊停車（除非格子很大）。

我的車，其實可以正名為「買菜車」，因為平常除了買菜会開出去之外，我甚少開它趴趴走，假日或下班後的時間外出，通常是大王開他的車載我出去，總之，它終於等了好久，等到要換機油的里程數了！

上次換机油（我想这該是一年前之次），我是一个人去的，因此被地上那个洞嚇壞了：

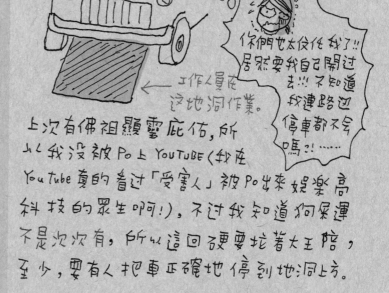

工作人員在這地洞作業。

你們也太役使我了!! 居然要我自己開过去!!! 不知道我連路辺停車都不会嗎?! ……

上次有佛祖顯靈庇佑，所以我沒被Po上 YOUTUBE（我在 Youtube 真的看过「受害人」被Po出來娛樂高科技的眾生啊!），不过我知道狗屎運不是次次有，所以這回硬要拖著大王陪，至少，要有人把車正確地停到地洞上去。

更重要的我還發現一件事，其實大王的幸運並非純偶然，我發現他之所以蠻好運的是因爲他在面對人生抉擇點時，總是依照經驗理性和頭腦做出了對的選擇，這才有之後的所謂「好的結果」，讓外人輕易誤會他只是走了狗屎運，其實真的不然，他總是做了很多功課，不論是買股票或是其他什麼投資，他都是確確實實花時間去讀一堆資料，分析判斷過的，而且他很謹慎，不大頭症地去做超過他能負擔的豪賭。（或許他是不會成爲鉅富，但他也絕不會把自己搞成負債狀態。之所以景氣不好他卻還能過得不錯，完全是一步一腳印的踏實累積。）

當我覺得那些不喜歡的事做到六十分就可以時，他自我的基礎要求卻至少要有八十分，當我覺得很多事都可以分工出去時，他還是會想要去了解每個環節。所以他經常可以做到真正的獨立，而我還有很多事得仰賴別人的後續接手或扶持。

然而，正当我小家子氣地在計算著我逃过地洞的机率，就是有人大氣地展現著好命——

車停在那裡就可以了，我們会自己開过去

大王一來，連出事的机会直接就沒有，而且神奇地，我的資料都还在他們電腦系統中（上次並不是來這一家，不过是同一个連鎖），因為我是回鍋顧客，还減價了15美元，並且，还免費幫我擦窗戶玻璃和吸塵車內……

自恥。

那个……其實可以不必幫我做清潔的工作……

我的車那麼骯髒，又不是要嚇死人說……

沒關係，這是包在服務裡的……

（上次我怎麼不記得有）↗

馬上，大王珍惜時間地直接不爽起來：

連地洞都不給我開，這麼簡單 是叫我來幹嘛？

你懂什麼啊 你真的是完全 不懂啊……

呆

你知不知道 你命多好？

這裡請播放背景音樂：金包銀。

如果沒有比較，其實這幾年我都已經蠻相信射手座是在走人生的好運了，要不，至少也幾乎要接受「生病是中年人的常態」。然而經過這一个小小的事件（順便一提，我車內的地毯原來是黑色的，我還以為是灰的），我才知道，世界有在正常運作，星座預測並沒有不準啊！

悟

金一光萬丈

我了解了，其實你什麼都不必做！只要站在我身後就可以……

神沒有遺忘我，所以派你來照顧我！

不要違背天意……!!!

曾經看過星座書上說，射手座最不喜歡的是懶人，可我覺得它說的不夠精確，我覺得射手能接受懶，不能接受的是「不獨立」——只要你夠獨立，也具有獨立的能力，絕對能是射手的好友甚或是夢中情人。（就更別說我們一向認為獨立等於有自由，而自由是我們視為人生重要且不可缺的東西。想要一個射手男愛妳，知道怎麼做了吧？）

奇怪我居然花了十年才看出大王這麼棒！才理解了他那些龜毛和不合邏輯效益是為了什麼！結果大王不但是我很喜歡的人，更是我仰慕學習的對象，可能是因為我今年才突然更看懂了他，我才真的覺得，真要說好運的話，我才真是那個純好運的人吧？十一年前就那麼全憑運氣地選上一個這麼耐讀的人！

劉三好運

十二年前（抖），我曾經畫過這樣一則作品：（收錄在"光合作用"一書）

我住的台北盆地是个水盆，
天空是水面，
城市是水底仙宮。

[miaou] 08'

連我自己都快忘記劉三好是哪一部戲出來的？還得去查一下，是《宮心計》來著！

劉三好⋯

劉三好⋯⋯

以致於，当我第一次發現「趣遊碗」時，完全沒有遲疑，只怕相見恨晚地愛上它（們）！又是這个時候我人已經住在國外了，不要說回台灣買碗，我更不可能依照該公司「去遊玩」的理念去巡迴台灣蒐集碗！因為這个怨念，我立刻在撲浪上加了趣遊碗的各團隊人員為撲友，並且曾試圖向老闆哭訴我不幸的處境，希望他能大開通路，讓我不必為了幾個碗到處討人情，連前夫都得去幫我買其中一碗！（謎之音：這不是討人情吧？這是簽欠更多吧！）

總之，我沒去巡迴台灣，但是有派人去了。誰能了解，為了收集這些碗我是下了多少別人的苦心！然而這樣之後，居然还不是圓滿結局喔！（老闆，你真的好壞～）

趣遊碗一号 → 來碗關西，之前是限量發行，但我認識趣遊碗之時，早就被搶光了，連个机会都妹有！偏々，這一碗是我最愛的：

圖來自：趣遊碗網站

大概是因為山在這裡很明顯，比起其它碗，它更有一种地理和碗形的結合感。

好不容易在撲浪盧到老闆願意再版，（其实我這是自我貼金，再版立該和我沒闗係）老闆当時还承諾我，会幫我保留一個，然後時光花茸地过去了，当我再次想起這一碗時，它居然已经悄々上市了……

厚著臉皮去要碗吧？老闆答应过我的，咻咻咻……

但，而且萬一他要送我，这怎好意思呢？……

老闆為什麼沒通知我呢？他一定忙得都忘了吧。

這些碗我不但覺得特別，我甚至也為了展示它們而煞費苦心。

最開始我是直接放在他們附送的架子上的，還一度想要想個方法掛到牆上去，但是實在是太怕掉下來摔破了，畢竟我是下了那麼多別人的苦心才一一拿到手的，如果真的摔破了一個，我在美國可是會恨越太平洋的。

後來我又把它們放到玄關那裡去，想說這樣有客人來第一眼就會看到。可是沒想到我的貓兒子們也很喜歡，居然常常給我跳到展示台上觀賞，嚇得我心血管都快出問題了，所以趕快又換地方。

可是我總不滿意一種兩難的狀況，放得安全貓咪無法接近的同時，也就變得不顯眼（展示位置不顯眼），要放得顯眼的話，往往那位置貓咪也能接近，有一陣子我真的是一天到晚都在移動它們的位置，像個神經病似的。

最後的最後我還是放棄顯眼展示了，畢竟我無法承受失去任何一碗的風險，只好有空時自己走去角落觀看……

眾所皆知，我其實為人是很nice的一我的
金牌多到家裡放不下(自己頒給自己的)，我
馬上就想，該是要招待誰去九福村玩了
(閣西碗，如網站所列出的銷售處，全部都
在九福村——看！老闆真的很壞吧?)
真的！為了這一碗我不斷地計畫著別人
的出遊計劃和時間表，碗如旅行社
代辦處。就在我絕望地決定「看來我過
年回台灣只好去九福村觀光」之時，也總
算，某個神明看不下去了，还是說，那本我一
直沒讀过的「秘密」，竟然再次發揮了它神
奇的力量(?)不可置信地，居然有个神派
來的讀友Charlotte，在這毫髮不差的一刻，
來問說 要不要幫我買「來碗閣西」?(她難道
有靈通?)

誰都会很難理解我那被電到的感覺!!!
連我自己也只能用「好心有好報」來解釋!
(畢竟我沒去找老闆討碗，而是決定去九福村)
而且那种感覺強烈到 我要立刻肯定是「時
來運轉」的界線!!! 劉三好說的都是真的...
(註:)本篇当然不是廣告文! 劉三好可以保證。

特別要說的是，其實有不
少人主動陸續來說要幫我
買碗，好心的讀友絕不只
有一位。我真的非常感謝
你們！不過我現在該有的
都已經有了喔......

Thanks

20 指緊扣**的**愛戀

昨天我去找西雅圖的朋友 Vivian，閒聊中也講到老公們的「懶叭爛」，正當 Vivian 在抱怨男人完成計劃的龜速和從容時，我意識到自己卻早已踏入另一个「放爛保平安」的更高境界～～～

不不不!!! 我希望大王千萬不要想去修家裡什麼東西!!!

上一次他勤勞想去修車庫門，結果弄得更糟!! 不但整个卡死，还讓野生動物跑進去成家!!!

Vivian

......

好吧......你赢了......

我赢得非常快!! 順便一提，這件事請見「破壞之王」。

儘管我对大王完全不抱任何寄望了（但，這並非低落的失望！而是正面又積極地希望大王懶下去，饒过那些目前都还没全壞的東西!!），一个多星期前，大王还是約我去看西雅圖的 Home Show！（抖）

當年西雅圖的 Home Show
外面看起來沒什麼人
但裡面其實挺熱鬧的

還有，這個是側門。

我們在這個 Home Show 裡做了兩件事，第一件就是買了這個號稱可以輕易清除地毯上的貓毛的工具，誠實說是真的很好用，很有效，美中不足的是，第一次使用之後，我們發現自己並不知道要怎麼把貓毛從這工具上弄下來，所以至今沒有用過第二次。

別人去看 Home Show（例如 Vivia，他們夫妻倆也去了，不過我們沒遇到），大都是去看家裡面的配備吧？然而我們去看 Home Show，大家大概也猜得出，是為了「家外面」的損傷一直沒修復（雖然我真的不介意～～！半殘比全壞畢竟還是高級很多）！

而且大王的參觀項目好另人心驚肉跳喔！（快十年了，我還是會為他如此強烈心跳！！！）

你們這種扶攔是怎樣計價？

一尺連安裝是～～

不是這該看木工做模樣嗎？你看扶攔的意思是……？

依照杜紀的推理，當然是大王要 Ⅾ.Ⅰ.Ⅴ. 自己做樓梯啊！！！我馬上為杜紀按出「答對了」的叮咚叮咚声！！！（杜紀是我小説裡的偵探）
好不容易，大王在我強烈推薦下去看木工了，他的話語依舊讓我屏息——

如果我僱用你們，是否有些工作我能自己來？

天～～多麼肯參與的老公啊！！！

好幸福…(?)

我知道，嫁到這种「很樂意」捲袖自己來，很樂意付出並參與的男人，這該是我的幸運，莫怪呼 我仍為大王心狂跳不止，聽他說話都快窒息！兩腿依然会發軟，双手依然会想緊扣住他的，心疼地叫他「你別做了——」！！！（可見我多麼愛他！）

第二件事是，當時預約了一家清潔空調管道的清潔公司，結果人家來了，發現他們的吸塵兼撣塵管子不夠長，而當時我家外面的車庫地板和樓梯都還沒修，他們的工程車不能開到危險的甲板上停，只能停在路邊，這樣管子還要一路下三層樓，實在是很爲難人家！後來，最底下的那一層樓他們只好用人力作業。

不要再做了！！！
不修楼梯我們也还是会活得很幸福！！！
（說不定更幸福！）

何必要這麼逼迫你自己呢！?

整个說起來，大王這个老公真的是做得很成功！他無時無刻不讓我体会到現今生活的知足與滿足，人，要老是以為自己的狀況或處境很糟，這一刻，絕对是再沒有更好的一刻！！！

但我怎麼覺得哪裡好像不老么的？

結婚快十年还相愛，当然不是常態！

快，再讓我握住你的手，傳達愛意！

從地板上的出風口吸除塵→

微波驚魂

好幾天以前，我把肉從冷凍庫拿出來用微波解凍後，神奇地，微波爐到秒還不停止運作……

啊啊現在是怎樣？……

為什麼人生要那麼偏激啊…

運氣好到東西不但不壞，還努力加把勁就是了？……

這段時間，不論我怎麼按 停 (STOP)、或 取消 (cancel)，微波爐它就是鐵了心繼續衝衝衝……

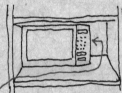

怎麼辦？！會不會爆炸啊？？！

若打開微波爐的門，萬一波微仍不停，我的內臟說不定會被煮熟！！！

我神算有算出，你們一定要建議我按掉電源，但我的微波爐是放在固定櫃架裡的，插頭在櫃壁和微波爐之間埋藏著！

就是這樣的地理位置，所以拔插頭沒那麼容易。

順便一提，照片這一台是新買的微波爐，本文中的那台舊微波在我修好了之後又用了將近一年，但在某次大王不知何故硬要去關掉家裡的總電源，再開啟（總電源）後，那台舊微波就再也不來電了。

最後，我也只能認定，這件事得冒險……

自欺欺人的遙遠距離……

好，準備打開了……
萬一還不停，我就只好飛撲
過去、關上門、用不知多久
的最快速度給關微波爐，
拔掉插頭……等待器官捐贈……

还好，門一打開微波爐真的停了，我滿身大
汗地拿出肉，無意識地把門關上，恐怖微
波爐馬上上演續集，又開始運轉起來!!!

抵柱·

我的媽……
好恐怖

沒有冷場啊～……

那陷後我就想，微波爐是什麼東西啊?不用也
不會死～ 在開著門的狀態下，把微波爐
移開，拔掉了插頭。

又隔了幾天的上週五，惡魔的烙痕已經退去，

記得好久好久以前，好像是新
婚的第一年吧，我還笑大王把
一台舊的壞掉的小冰箱放在車
裡載來載去，載了將近一年才
成功丟掉。
而現在，其實我家車庫堆滿了
一堆我不知該如何處理的壞掉
家電。當然，是知道要送去資
源回收處，只是平時都沒想起
，總是到一有「新貨入庫」時
，才又會開始念著要趕快送去
回收，但因為有車庫可堆放沒
有立即的出貨壓力，就又總是
拖在那裡，一拖就是好幾年，
遠勝過大王當初載冰箱一年·
··

所以我還是經常覺得，居住空
間其實不要太大，這樣人才會
比較健康。會逼迫自己該做的
事要盡快做。

我懷念的倒不是退冰的妙用，而是，廚房沒有時鐘實在很不方便，我都無法控制晚餐上桌的快慢。原本我微波爐上顯示的時鐘一直是我動作快慢的依據，但現在不能插電，當然也就沒有時鐘了。

吾水電工人格的直覺告訴自己，沒微波爐的發瘋並不是很難修的大問題，果然上網一查，有正牌的美國電工說，可能是門鈎需要換新而已。

我那水電工人格，就這樣默默地修好了微波爐，而我那家庭主婦的人格竟然從頭到尾也沒把這件事告訴大王，因為總覺得他一插手，我們不是大破財就是東西又壞去一件。

順便一提，上週五大王沒去公司，而是在家上班。

喂，雖然我沒出門，但你不用忍讓我，你還是可以像平常一樣去睡午覺，不用忍著……

像平常一樣睡午覺!???

你知不知道老娘剛才修好了你的微波爐!?

禍從口出就是這樣！因為大王後來被逼著聽完我整個微波驚魂和奮鬥史。

我仔細想了又想，我家微波爐真的多數只用來做肉類的退冰，因為美國不像台灣一樣出門下樓走幾步就買得到菜，所以我一般是一次買一個星期的菜，而魚肉類如果不是當晚或隔天要立刻煮的，我就會丟進冷凍庫，所以每週的後半星期都是用微波來解凍肉品。我平常也不太用微波爐煮菜或熱菜，所以微波爐幾乎是只用來退冰。

可是微波爐上的時鐘我一天不知會看多少次，從早上醒來後泡咖啡看一下時間，每日兩餐餵貓餵魚會參照它的指示，晚上煮飯依它調整動作快慢，它幾乎可以說是我每天行動的依賴準則，與其說它是用來做一週三次的肉類解凍，我更覺得它的最大功能還是每天好幾次的報時啊！

貨真價實 的 萬聖節

每次想來都不敢置信，這座樓梯它曾經是多麼危啊！而且苦惱了我好多年……

自從我家屋外的樓梯愈來愈危險之後，連續好幾年的萬聖節我們也冷默得像鬼一樣，通常就是設出路障、貼出警語，然後主人就離家去「避風頭」了……

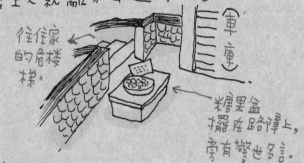

往往家的危樓梯。

（車庫）

糖果盒擺在路障上，旁有警世名言。

今年，自然也是如此維持著傳統，不過今年和往常不一樣的地方是，今年的萬聖節居然沒下雨！以致於我認為，今年立該提早出門，因為天氣好，小朋友可能會提早出來慶祝，更何況這次萬聖節剛好遇上星期天，立該提早上工、提早收工，才是宇宙運行的道理。

現在～噹啷！

離晚餐还有一點時間，你知不知道2号公路在哪？

我們去看看！

2号公路？？有什麼好看的？

反正那裡有路通到Redmond！

順路啦～

各位，我以前看過一部日本漫畫，女主角人格彆扭，不喜欢「正著路走」，所以和朋友從東京開車要去鎌倉吃点心，最後卻在大雨中抵達了千葉。我一直以為世間上不会真有這种人，漫畫為了誇張搞笑的效果，当然要有不尋常的設定。但，我果然当時还是太孝遵稚嫩了，世界上真实有这种人存在啊！还就是我的尤呢！(驕傲的淚)

我們住的地方
預計要去的餐廳的位置

粉紅色路線是女主預計要行駛路線
芷色是我們實際上行駛的路線

容我再加一個：

綠色是實際該走
也可走的路線！

明明就沒有很遠！.....（泣）

我也不过就錯在轉會轉錯，

不小心轉往了Duvall

但你可以立刻轉回去!!!你卻不願那樣走!!!

嫌你原本的計劃还不够繞嗎!?!!

而且，那不是全部的故事，也不是全部的旅程。由於後來的路多數是荒郊野外，大王為了能順利地快速駕駛，不斷地交互切換著遠光燈和普通車燈（如果

对向突然出現來車，遠光燈会照得人家看不到，这時就要趕快切回普通車燈），所以，更慘的事發生了——大王的切換裝置就这樣被他玩壞了！怎樣切也切不回普通車燈!!

不行，亮著遠光燈開車太危險了，別人会看不到……
（內部太謎）不会画
我把fuse拔下來看看……
沒打燈更危險!! 別人也看不到我們，撞上來怎麼辦?!
← 荒郊野外的路边。

拔了遠光燈的fuse之後，普通燈也沒回來，雖然我們5點多出發時天还有點亮，但此刻已是天黑了的七點多了，我們被車燈問題困在荒野中，人扮的假鬼沒見到，真鬼則不知有沒有圍繞在我們身边，是期天又是萬聖節，哪有車行还營業？最後，大王拔掉一个遠光燈的fuse，留下另一个，我們就这樣 獨眼龍 卻閃強光地 **回家**！（怎可能还在外面逗留吃晚飯呢？）（更何況回到家也都八點多了，餐廳早準備收攤了……）

这不是很貨真價實的萬聖節？……
連妳都好像鬼……
你!!!…… 你!!!～～ 你……
氣到罵不出名言!

前面邊條曾說過大王實質上並沒有很幸運，偉鵝，真的！我覺得他的手真的好像受過詛咒還怎樣，東西真的常被他碰壞，真的不可置信地碰了就壞！如果他真的是個好運的人，不可能會是這樣。

還有我終於忍無可忍地問了他，為什麼經常我們要去哪裡他總是繞遠路？除了說他就是喜歡四處亂逛亂看之外，據他回答，最主要的是他**不喜歡等紅綠燈**，所以他會繞一些沒有紅綠燈的小路和荒郊野外。
這回答也讓我很無言。

很多事我真的搞不懂！比如說我們這種外國人，在美國經常為了身分和簽證和居留煩得要死（雖然現在我不用煩這些了），但前些日子我卻看到新聞說，有一個非法移民盜用別人的身分在美國生活工作了二十年，重點是，他還是紐約ＪＦＫ機場的不知是警衛還是什麼安全部門的主管！他之前通過了身家背景的調查，並沒有被查出他的違法身分。

然後我也看過美國一些影片，曾有一個故事是，一個美國婦女的ＩＤ被別人偷去盜用了，偷的人在那段期間用她的身分辦信用卡、借貸、亂買亂搞等等，可是最後那個ＩＤ小偷雖然是被抓到了，但那個受害者卻還是要負責償還那些不是她本人欠下的債！我真不知道是為什麼？即使你證明了你的清白，也還是毫無路用？

我至今還沒搞懂這些問題，但我至少有個很深的印象：在美國ＩＤ被偷真的是一件非常恐怖且嚴重的事。而偷的人，看來真是幸福（？）

我曾經在網路上看过一篇很驚人的文章，是一个美國人經过當事人（前者的朋友的朋友）的同意下，做的一个實驗，內容總之就是要證明，偷一个人的帳戶資料、甚至經由網路控管被害人的銀行帳戶是一件多麼容易的事。那位駭客和"預設被害人"其實一点都不認識，他們之間就只有中間人的这位朋友來牽線進行實驗，駭客知道的原始資訊也不过是預設被害人的姓名、性別、服務的公司、住在哪一区（非詳細地址，只有区域），大約歲數。

那篇實驗分享文章中，我發現了一个要命的關鍵就是布落格——"預設被害人"有寫布落格的習慣，雖然她的警戒也不是低到属於白痴級，但駭客还是從中抓到蛛絲螞跡的資訊——生日、就讀学校、個人習慣等等。

我的天！！！寫文章原來是这麼危險的事！！！

誰会想到一句"今天死檔們來我的生日趴"就出賣了自己！！！僅管你的個人資訊沒給出生日！！！

總之,這篇文章讓我整个人都多疑並警戒起來!駭客並不須要很懂電腦(我一直以為這是至少該有的事業),又需要很會收集,追查資料就行……

我們到底在無意中,洩露了自己多少資料啊!

是說……

好怎麼会無緣無故去讀這方面的文章……

是馬駭客就会知道,我的兴趣很多元,是了智慧型熟女……

此外,我人格嚴謹,總是有備無患…

所以我的安全層級馬上從「普通」又再度往上找高!上週末其實大王出國去荷蘭了,這件小事我講都不敢講,就怕有心人趁處而來!

你那是神經質了吧!!??

傲慢!!

誰会來?!從台灣嗎?!

↑当然他現在已经回國了,說妹就沒関係了。

你知不知道小偷現在出門看的不是黃曆,是臉書!

輕忽敵人不会多國語言嗎!?

所以那些「沒事出去把老公的車子移一移」、「每晚在家上演位置不同的燈光秀」等這一類的細節就不必說了,花博大概都沒我規劃得那麼仔細呢!相信偷窺者早就為我按了無

這就難怪我对安全問題如此緊張了……

你們不覺得奇怪嗎?美國人這麼喜歡告人(為自己的權利奮戰),怎麼能吃得下身分被偷還要負責還債這種冤屈?!雖然我還沒搞懂相關法律細節,可是這狀況直覺就是得很警覺……

數ケ「讚」了！連大王後來也被我搞得連 credit Report 都拿來ㄍ看(是否有人冒用你的身份向銀行借貸不還)，我的神經質整ケ飆高到一种 Pro 的級數。

什麼?你還記得起來?
那就是太簡單!搞一組!!!

為了不讓大家以為我是精神狀態出問題了，我还是得說出實情……，前一陣子我在國外的網站買了東西，对方用「報閣」的方式寄件給我，導致我必須向 Fedex 提供我的社会安全号碼(相当於台灣身份證字号，但有更嚴重些)，從此我就过著非常不安的日子……

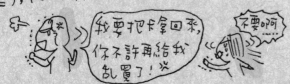

所以這就不難理解，爲什麼我給出我的社會安全號碼後，整個人神經質到最高點。我不知道一般美國人是怎麼過日子的，但我肯定我沒有餘力去償還偷我ID的人所欠下的債或稅(是的，他在使用你的身分時若沒繳所得稅，你也得負責那些稅)。

這件事之後我再也不敢在歐洲的網站上亂買東西了，除非他們的寄送方式是用比較平民的方式，不然那個賭注和風險我覺得是太大了點。

香忍不下去。

我們家附近有一條公路一直在擴寬，為了不影响白天上班的正常交通，有閖單位只利用晚上時間工程，所以長く一條路分段修了很多年。不过白天雖可通行，路也是尚未補平的坑坑疤疤。

咦咚

F，以後不能開慢車道，坑实在太多了!!!

前几天晚上的某夜，我和大王也不知在搞什麼，弄到九点半才一起外出吃晚飯，回家時已經10点多了，我提醒開在慢車道上的大王路很爛，快換到快車道。

結果没料到，才換没久，身後閃起了六道輪迴之光，一輛警車已经在示意我們路边停車，我望向大王，他那鉄青的臉只保證世界没有和平……

我好像在西雅圖妙記（六）的邊條有說過，台灣應該多注意酒的問題？結果今年以來真的看到好多酒駕撞死人，喝酒闖大禍的新聞，而且有些施害者的態度還相當傲慢。

貪杯的人請先莫說我是什麼道德委員或糾察組的，且莫說人生這麼苦了我還連你們的一點樂趣都要剝奪，我沒說你們不能喝酒，你們都該進修道院或集中營什麼的，我只是想說，喝了酒就別開車，這樣不行嗎？不是為了你的死活，是為了別人的。

還有我支持酒駕應該嚴刑重罰，不然那些喝了酒又過度放鬆自己的人，根本就忘了自己做人的基本責任。

我個人算是一个很順應權威的人，我的意思是，美國是个有人權的國家，基本上政府單位要調查什麼，只要是沒有誅殺陰謀，我应該都会委順配合。但，那可不是白人一世的大王。

其實第二秒我就已經查覺 警察態度軟下來了——因為他已經知道我們不是酒駕，而我感覺他一開始是因為懷疑我們是酒駕，才將我們攔下來的。

但，已獲清白的大王才沒有因為這樣就軟下來！他態度高傲地給出 過期行照（雖然不是故意的，但我們真的剛好就找不到新的那張！），一副「你自己去查」的不合作態度，再講下去就好像要告警察擾民、告路不平的王道氣勢，在他身上，我看的是看到了什麼叫「人民才是主人」！

美國確實也不是过份的國家，他們自己在電腦中確認了行照没問題，也客氣地放行了，没有什麼「你態度不好」的指責。

這週，在台灣最大的新聞是跆拳道選手楊淑君在亞運受到的不公平待遇，我和大家一樣，在第一時間就氣憤難平！本來要寫專欄的時間我还先拿來寫英文信到國外媒体澄清「我們没有作弊」!!但，每当我看見大王(註：他們是了挪威籍人，並没有成為美國公民)一副生而「憑什麼要我配合你」的態度，我反觀自己，從來是被教育成「社会自有公道、忍耐依法才能解決問題」，為什麼我們的基本民族性会差這麼多？

对不起，体委会，我不能忍!!為什麼那些英文報紙和媒体清一色採中國的説法？為什麼我还要先放下寫稿時間寫信去向這些媒体澄清？不就是你們決定尊重主辦國中國的什麼後續調查，所以反而讓國外媒体在第一時間都採用了中國亞運的官方説法？好个依法抗議，但，台灣己經先輸了！己經蒙羞了！几个月後，誰还記不記得你清白？更何況，招開國際記者会表達抗議，又哪裡違法了？……

ㄗㄠˇ 麻煩

前一陣子，也不知為什麼我的讀友在我的留言板討論到床蟲（bed bug），然後另一位讀友还po了一个布落格給大家看床蟲的可怕，很巧的，寫床蟲惡夢的那位布落客又是我的撲友，大概是因為這一連串的巧合，便我突然覺得這只能用「命」來形容了，老天派人來預告我，床蟲是下一个人生風暴???

対不起，由於我祖墳出了問題，

向您網購的鞋子可否退訂？

回賣家來自床蟲大市——紐約。

以上当然是誇大的情節，不过床蟲地獄有味到我！網路上居然有人說，即使鞋子給它整个遺棄一年，床蟲也依然不会斷命（它們会進入一种「冬眠」狀態來保命），床蟲还超級会鑽会躲，即使找專家來消毒，總仍会有一些床蟲和其下一代逃過末日的浩劫！見證生命的奇蹟知偉大。最要命的，床蟲和你生活習慣胎哥不胎哥沒有關係，只要你不小心入住了有床蟲的飯店，或，哪怕是你托運的行李和陌生行李在你不知道的飛机某处蓋敢純聊天，那獎品就帶回家了！

朋友的相機比較好，清楚地拍出MANY短鬍的樣子。（希望書的印刷還看得清楚。）

當然後來我發現MANY之所以沒有了鬍鬚和跳蚤一點關係也無——其實是YOYO每天一點一滴把它們咬短甚至咬光的（雖然還是會再長出來，像照片這樣）。

我比較難以理解的是，每當YO-YO在咬MANY的鬍鬚時，MANY不但一點都不反抗，還一副很陶然的樣子！就是因為這樣，我之前都沒注意到YOYO在咬MANY的鬍子，因為誰也沒發出不悅的聲響或動作。

我光是聽這些就已經夠失魂落魄了，沒想到有一天早上起床，發現肚子被咬了三个包!!!

半夜鬼上床!! 真的發生了!!!

不然怎麼解釋這一切？難道又是我沒讀過的「秘密」一書又發威？………

正当我開始十分苦惱床蟲之際，一向萬分貼心的我的貓MANY，也用一種極其搞笑的方式恐怖地逗笑我——

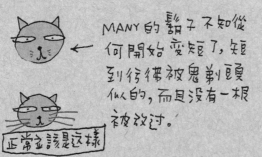

MANY的鬍子不知從何開始變短了，短到彷彿被鬼剃頭似的，而且沒有一根被改過。

正常之該是这樣

由於實在太明顯地誇張好笑，連大王都不等我催促就立刻自己去預約了獸醫，我家的事件真是一波未平一波又起，除了祖墳出問題，我真的想不出还有什麼可以解釋這一切？

有，

MANY有跳蚤，看，在这!

獸医

這小子咬光了別貓的鬍子，自己的倒是留很長！

發現是ＹＯＹＯ咬的之後，我們也問過獸醫該怎麼辦，獸醫也沒輒，因為ＭＡＮＹ如果不反抗還很淡定閒情，說實在的，外貓也無從注意到，無從立刻介入阻止。
所以我們就這樣看著ＭＡＮＹ的鬍子長又短、短了又長，這難道就是貓生？誰拉咪？

当然，我肚子被咬的那几包也顺便得到解釋了，大王一直没被咬过，因为貓總是睡在我這边，如果是床蟲，大王应該也躲不掉。还有当然就是，目前跳蚤还没繁殖得很多。

上一個貓餃店付出的代價不小，不只染了跳蚤，MANY还顺便也得了某种体内寄生蟲，又打了一針……本來我应該要哭衷的，花大錢讓貓住旅店还讓貓染了蟲蚤，还要再花这條医药費！然後回家还要帮牠除蚤，而且今天还下雪行路難！可是我回家途中还是笑咪咪地，太好了啊！不是床蟲！！不是鬼剃頭！！更重要的，和祖墳没關係！！！

其實染蚤的那家貓飯店是兩貓第一次去住的，我們新開發的一家。會嘗試它的原因是這家貓飯店離我家比較近，而且它的房間也很大，它不像是很正式規格的貓飯店，比較像民宿，而民宿老闆和老闆娘人看起來也不錯。

只是自從我家貓兒們在那裡染上跳蚤和寄生蟲之後，我們再也不敢送去住那家了，不然每次回來都要除蚤除蟲實在太麻煩了。這才想起，我曾經一度覺得經營貓旅館應該很好賺（因為收費不低，而貓又不用像狗一樣要帶去散步），現在覺得也不竟然，畢竟別的貓住客是怎樣的狀況你實在也不清楚，說不定那家貓民宿都還不知道自己的民宿染蚤了呢！

這是我們常用的那家貓飯店的房間樣子（不是有跳蚤那家），不要以為這樣的房間很小，其實一般貓旅館的空間幾乎只有一個大籠子那麼大而已，這家的房間至少還有一個廁所格那麼大吧。

坦白說，除了金子自身外，
我們的盒子聽說也很搶眼，
主要是出在盒子上的英文：

Selfless Love

L O V E W I T H Y O U

大王就直接問我，
什麼是 Selfless Love?
什麼又是 Love with you?

（接下頁邊條）

金 衰

十月份的時候，我做了一件令我悔恨至今的
事——從台灣買金飾來当成今年聖誕給
夫家親人的礼物。

不过当時，我真的以為这是天大的好主意！

偶
實在太
聰明了……

美國和欧洲都少見
純金做好的飾品，而
14K金还賣得比純
金貴！讓他们了解一
下我们東方人的厲
害吧!!♡♡♡♡♡

我給五顆心→

这期間雖然有讀支曾說过，願意幫我從台灣
把这些東西帶过來西雅圖給我，可是，一來時
間已经慢慢逼近（现在都12月了），二來我本
性本來就不太愛麻煩別人，所以想了半
天，決定用某家國際快遞，把東西分三包
寄过來。

因為一包的總
值不可超过五百美.

他们说，
还要克税
喔……

花这夆多錢
寄快遞、再
加上税金，
这些礼物已经
沒有便宜到了…

與母通話

那些是什麼意思？我是台灣人我當然懂這種英文，前者是「無私」或「無我的愛」，後者是「愛與你同在」？
(應該是吧？)

或許大家就會想問我，如果是這兩句，那正確的英文該怎麼說？
我覺得這不是英文正不正確的問題，而是，為什麼金飾上的盒子一定要打上這類詞句不可？不能就只打ＬＯＶＥ之類的就好嗎？愛本來就包含無私的部分，不用再特別把無私加在前面吧？不但有畫蛇添足之感，還把足變成了一個不知所云的焦點或重點。
我也不是說要盡去華人思維，只是，如果要保存華人思維那就乾脆大方用中文來印就好，也不用去查英文該怎麼說了，讓想懂的外國人自己去問或去學中文好了。
反而，不要讓英文不好的國人誤認為這樣的英文是對的，這還比較好吧？

当然國際金價都差不多，我所說的便宜是指「工」而言，在西方世界工要敲成那樣，保證工錢不亞於金子本身(我指「小物件」)。
当然你跪算盤想嘛～如果就是要扣稅，経过一ケ國界(扣一次稅)自然比过二ケ國界(扣二次稅)好，所以我決定另兩包直接從台湾寄去挪威和荷蘭(天殺的我真是親人滿天下!)
為了這ケ決定，大王还和我吵了一大架～

我的人生打從買了这批金飾之後，就掉入了地狱深淵!不只老公不諒解，我妈也被我煩到想断絶母女關係。

請不要只站在我的立場想這件事，事實上，大王和我媽都沒錯。這一批金飾帶來史上罕有的災難和破壞，真的是我當初完全沒料想過的‼最後一擊——包裹果然

弄丟了‼‼

你們這家快遞怎麼回事‼包裹都不用簽收的⁇‼

你們的追蹤網頁說東西已送達，但我家門外沒有任何東西‼‼

你可請寄件人在寄件國申請理賠……

←對，只是一百多美金‼（崩潰）

其實我很懷念以前金飾的盒子，就是這麼陽春可愛，還有店家的店名地址電話，給人一種可靠的感覺……

我花了這麼多錢（以前聖誕禮物都沒買這麼貴），弄得母女決裂、夫妻失和，最後東西還乾脆弄丟了，我不知天下有什麼比這更慘的事？而善良的社會風氣只許我詛咒拿我金子的人拉肚子（我真的詛咒了，而且確實只到這層級）。

我整體崩潰了……但百萬分之一的憤怒讓我一邊罵一邊咒人拉肚子，又一邊奪門而出，去附近鄰居一家一家拜訪（×！賣火柴的小女孩有這麼可憐業績極嗎？！）

最後，在第六家鄰居門口找到我的包裹。不用說，×快遞你還是去給我拉肚子吧！而且以後你想我再用你們的粗糙服務！

低調奢華 的 生日

自從上次X快遞送去了我的包裹後，僅管我有自拾其力地將它找回來，但內心已把此事視為「不吉」兆了，覺得它預告了我來年的命運……

如果沒維，就表示不順……

果然很不順啊

我不要活了——

垃圾

垃圾

誰沒這樣迷信过呢？

我至今都還很不敢相信我已經年過四十，雖說我也是有感覺到成熟度慢慢出來了，以前在意得要死的一些小事，諸如被人批評、失去自我什麼的，我現在確實更能在短時間內就自我消化完畢，可是，我心中的某一個區域卻始終難以有實質的中年感！即使現在押著我去百貨公司，給我錢、逼我去買中年婦人服，我還是沒有意識，也完全不懂世間系列的中年婦人該怎麼穿？我可能逛一天也買不下手任何一件。（好吧，可能可以買一條絲巾之類的吧？）

所以我今年的生日決定很低調，反正老了之後生日除了向天王卡油之外，實在也沒太多樂趣了（誰要多長一歲啊？）。更何況兩ケ射手生日差五天，才快樂完之刻就要还回去，簡直就像好不容易得了「好人好事代表」，但一屆的壽命与光榮只有五天那樣！除了「獎品」之外，还有什麼好期待的？

也因為 我的包裹事件搞得驚天动地，大王是早就知道 我要送他金飾，而我本人对金銀珠宝一向 興趣不大，所以獅子大開口地要了一个莫名其妙 谷阝比金子还貴的東西——

这是寿司用的
小醬油ㄣ包。
（或許台灣不常見）

这是銀+銅做的寿司醬油包造型錬隆，一个居然要170英磅。

> 妳到底要这种東西做啥？銀幣不好嗎？

当然，一切就如妳兆象顯示的，大王下訂時已经没貨了。在我生日前夕我实在忙得不得了！一年一度的卡油好時机怎么能慶茱就说算了？当然要立刻再挑一个補上！於是我想起了去年没買成的奢侈品——SONY vaio X 系列超輕薄筆电。

> 筆电？我不是買了TOSHIBA給妳了？

不用說，這台二手的ＶＡＩＯ Ｘ系列當然有買到，雖然是二手的但還是很貴，所以我持續用到至今（雖然只有出國才會用）。

說到輕薄電腦，其實現在大家都用ＩＰＡＤ了吧？就連我婆婆的老公都在用ＩＰＡＤ，可是我覺得如果有哪裡能使我自覺出自己是個中年婦人，大概就是這了，我還是喜歡用有鍵盤的電腦，如果可以，我甚至一定要附滑鼠的……

然後，因爲它是二手的，我也就毫不介意地直接用奇異筆在鍵盤上標註注音的位置了，這一點也是充滿了年過四十的風情吧？

有銀蔥的睡衣長這樣，其實我還蠻常穿的（在家反正只求有衣蔽體），所以那些紅條已經洗得有點退色了，沒有當初那麼鮮亮。

鼠・鼠・鼠

自從我開始用 SKxxE 之後，確實省了很多國際電話費，唯一讓我很頭痛的是——

你的聲音怎麼那麼小聲？

小聲?! 我都貼著電腦叫了～

就因此，我開始在網路上找工具……

枇杷膏？

合理推測……

NO——

一向喜歡東西合体、減少侵佔空間的我，很快就找到心頭好——滑鼠＋網路電話。

這种滑鼠有很多家做，其中我最心動的是 SxxY 做的

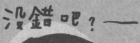

沒錯吧？——

我確實是愛著滑鼠……

平常是滑鼠

變身後是電話

不过我用SKXXE是慢好几拍，以致於看到真命天子時，它早就都死会了（斷貨），無奈之下，我買了一个它牌：

（不能"劈腿"打開）

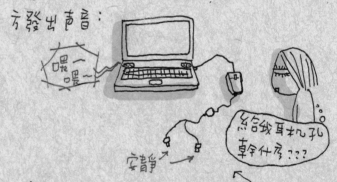

← 麥克風在此側。

SPEAKER →

有耳机孔。

它也不是不能用，而是，它即使加插了耳机，当在通話時，它还是很靈異地自己從別的地方發出声音：

喂一喂～

安靜

給我耳机孔幹什麼？？？

（但，如果不是在SKXXE通話中，耳机倒是就有⽤作用了。）（但如果是在一般电腦使用中，即使音量都調到0，还是会有声音靈異地從滑鼠传出來……）

我那麼迷信兼怕鬼，当然很快地怕起这个人力無法控制的靈異滑鼠！

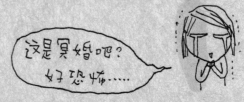

这是冥婚吧？好恐怖……

事實證明，S**Y的電話滑鼠是我無悔的購物物件之一，我至今都還在使用它。當然也許有人會說，買一套耳機連麥克風的裝置不是更好？還不用自己手持聽筒呢。可是我前面邊條也提過，我反正離不開滑鼠，既然一定要滑鼠，那麼就讓這滑鼠和耳機連麥克風整個三合一，這樣對我來說不就是少了一樣東西要傳嗎（出門時）。而且去到國外打 SKYPE 更頻繁（總要打電話報平安什麼的），無法不帶這些配備啊。

沒多久，也很神奇，在台灣居然有人要和 sxxy 那ㄍ真命天子離婚，以 850 的價碼拍賣二手老公——

俗!!!

我不忌二手貨!!賺到了!!!

（註：此滑鼠全新時要二仟多台幣）

正在我磨著双手，流著口水等待真命天子奔入我懷中之時，居然有人半路殺出來劫夫，而且是在拍賣結束的前一秒鐘——

不公平啊～

拍賣結束的時間人家在睡覺耶（時差之故）……

但也奇怪，之前百搜不到的滑鼠，在此時我又看見又有人在賣，这次还是全新的，不用說，我「立即買」了它!（何必夜長夢多）

怎樣？現在要我的聲音还很小声嗎？

是不会，但你抢这麼多鼠，難道这不是該有的結局？……

而且你手上那麼多滑鼠怎麼辦？

聖誕礼物 →

恭禧你得到一隻不能吃的鼠……

MANY　YOYO

也恭禧你又娶了一房「冥妻」……

西雅圖題外話

有一天和大王去一家湖邊的餐廳吃飯，吃著吃著，我突然看到一個女子從水面上站著飄過，我先是以為看到阿飄嚇了一跳，但仔細看她腳下有塊板子（不是船），手上也有划著槳。我從來沒看過這種水上運動，這還是第一次，後來得知那叫 Stand up paddle Boarding。
好有趣啊，站著划水耶！

無法回頭 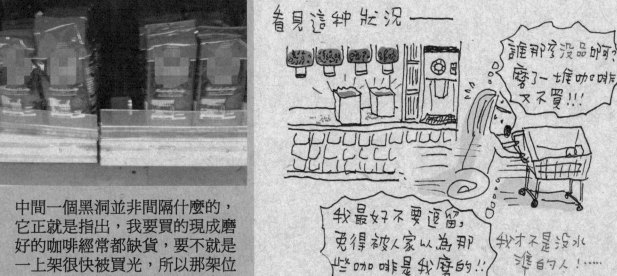 的 咖啡區

咖啡，一直是我家不可少的東西，所以我每次去買菜都需要補貨。在美國一般超市是這樣的 —— 除了有各大名牌（例如星巴客、Tully's 等）現成磨好的之外，也還有更多牌子可以現場磨（机器就在旁辺），也因此，経常会看見這种状況——

誰那麼沒品咖，磨了一堆咖啡又不買！！！

我最好不要逗留，免得被人家以為那些咖啡是我磨的！！

我才不是沒水準的人！……

我的臉皮就是薄到「被誤会」的机会都不給人家，所以久而久之，我只有買現成磨好的，而且通常走到那一区時，就是先看準目標，開始助跑，跑到目標位置操起閃靈手，捉了就跑！（而且絕对不自己回頭！）

中間一個黑洞並非間隔什麼的，它正就是指出，我要買的現成磨好的咖啡經常都缺貨，要不就是一上架很快被買光，所以那架位就空在那裡，頻繁到我氣得拿起相機拍照存證（也不知自己這樣是要幹麻）。

但是超市就是超市，商品也是會有賣完又尚未補貨之時。上星期我去買菜，不巧就遇上名牌磨好的咖啡銷售一空的處境，不過，那天也不能說運氣差——那天的磨豆區沒有「沒水準」的產物，乾淨清爽的磨豆區也並沒有人正在磨咖啡，兩台机器都空著！

天啊
絕我！

既然如此，那就來磨咖啡吧！不然為了一包咖啡还得再出門一趟，不划算！

正当我開始磨咖啡豆之時，又來了一個美國男，他手上拿著空咖啡袋，看樣子也是準備要磨咖啡，但我今天不害怕，因為今日磨豆區並沒有可以讓人誤會的東西存在！也許是因為兩台磨豆机靠得太近，那位美國男似乎決定先去買別的東西，等一下再回來，我也安心磨我的豆。

不过，神蹟出現了……，我只有倒入一袋咖啡豆，卻眼睜睜地看著机器吐滿了一袋咖啡粉，而且还沒有要停下來的意思（通常磨完後，机器会自动停止），慌忙中，我趕快又拿了一个新袋子去繼續接……

怎麼回事？？！！
而且這咖啡粉顏色好淡，不像是我倒進去的種類啊？？？

我姊家自從蓋好入住之後，屋裡的設備也越添越多，今年過年回台我甚至發現她買了一台很不錯的 espresso 機，嚇得我差點從椅子上跌出！因為我記憶中我家人是沒怎麼在喝咖啡的 (除了我)。而且她買的那台是很好的 espresso 機，歐洲很多飯店和餐廳幾乎都是用那個廠牌的。
我心裡很納悶但始終沒問，我姊那台咖啡機該不會是為了我和大王買的吧？.......

了嗚

完了!!!是之前有个白痴把豆子倒入机器卻沒磨!!! 於我中計了…

很快地,我面臨了人生痛苦的抉擇!!! 那些原本就在磨豆机内的咖啡豆並不是我選的(但我發动机器磨了)! 还磨出二大袋之多,(我倒入的是第三袋的份量)我要為了面子而買下來嗎?还是說,錯不在我,就把那兩大袋咖啡放在旁边,形成我以前看到別人製造的「沒水凖状態」,不顧一切地離去?(但那个美國男很快会回來,他一定会以為是我幹的吧?)

一我沒夠謹慎的人,為什麼会中這种計…

我過去一切的助跑,難道都是白費了???

歐~人生竟是不公平啊……!!

貧窮会使人堅強嗎?我想是会的!貧窮的人沒有愛面子的权利,我決定,堅強地留下那兩袋不屬於我的咖啡,如果必要,堅決要超市調出錄影帶來看看,說不定可以還我清白……

歐哇~

是剛〈那个沒水凖的亞洲女人幹的吧?! 她怎麼可以乱磨一堆咖啡又不買!!!

這裡有必要解說一下,通常店裡的磨豆機都會放在架上,換言之,立體方型機器的六面體只看得到正面那一面,而由於要接磨好的咖啡粉之出口是在機器的下方,所以通常機器放置的那個高度會是讓你便於接收咖啡粉,倒豆孔是可以讓你倒入咖啡豆沒問題,但要眼睛看得到裡面是否有咖啡豆,卻不太可能,所以即使我有事先想到要去檢查機器裡是否早已有咖啡豆存在,也看不到,頂多只能伸手進去摸摸看。但,誰會沒事把手伸到那裡去?那裡可是磨豆子的地方耶!又不是可以絞肉用……

豬羊變色 的 挪威大餐

說起來，我覺得中國城也真是不可思議的東西，它在美國很多大都市都存在著，比起美國內部其它地區的外來移民，華人不可謂不幸福。

為什麼挪威食物愈來愈難買了啊?!

我聖誕要怎麼過

以前西雅圖那家挪威商店居然給我關了!!......

去poulsbo看吧，好了那是挪威鎮......

Poulsbo到我家的距離，相當於台北到本桃園但有一段渡輪。

所以聖誕之前，我們確實去了挪威鎮打聽了消息，由商家熱心提供情報，終於知道西雅圖還有另一間挪威商店!（又回西雅圖）

我也不知道我為什麼幾乎從一開始就很接受挪威食物，但其實挪威食物在世界上並不算有名地好，我甚至可以說他們的烹調方式都相當簡單，也沒有太多複雜的調味，若真要仔細想認真想奮力想，我會說，他們的食物給人一種簡單原始的感覺，而誰會討厭簡單原始的風味？頂多就是沒有特別著迷而已。

哇!這家可真不錯，還附設餐廳!!!

大概因為太高興了，平常聖誕只吃羊的大王，這回連豬肉也一起訂了，意圖吃到高血脂、高血壓地掛了……

平常大王聖誕吃的羊肉

挪威國境狹長，也有人吃豬肉

這羊肉是鹽醃保存的，一般煮法只是清蒸（但需事前泡水去鹽），雖是清蒸，但羊蒸出來的油脂多到嚇人！！

當然去掉。

這豬肉是連豬皮的，在豬皮上以刀劃出井字塊，放入烤箱烤到表面酥脆。（也是烤出許多油！）

雖然我在台灣也愛吃魯肉飯之類的肥肉，但，那種東西我們不會一次吃太多，尤其不會整片啃，就算是過年！更何況這次居然是雙殺──豬羊一起啊！令人聞之變色……

就算挪威很冷，但我們這樣吃好嗎……

西雅圖也沒冷到那樣……

這算什麼!? 我們挪威人吃完這些還要吃蟹蟳呢！

西雅圖的商店裡附設的餐飲部，我們在那裡吃早餐。圖中的飲料是挪威最常見的汽水（橘子汽水），歷史悠久有點像我們黑松在台的地位吧。

我和大王有兩年沒一起過聖誕了，因為他要去荷蘭和孩子過，而我因為貓飯店搶不到，自願留在西雅圖當貓奴(但吃中式餐)，今年算是久別重逢的夫妻双人聖誕，怎樣也該好好慶祝！

不过呢，我今年腸胃特別弱，之前已經出了好幾次狀況，連沙門氏桿菌都讓我抽中了，所以這一餐又讓我付出慘痛的代價。当晚吃完飯、拆完禮物，我就把聖誕大餐全數吐出，回歸天地……

如一般聖誕節吃火雞的人家一樣，次日都要想辦法再把沒吃完的剩菜消耗掉，挪威人也不例外，他們會把冷羊肉夾在麵包裡做冷三明治之類的早餐……

這一年大王和我過完聖誕後，去荷蘭和小孩過新年，聽說我公公又寄了一份羊肉去荷蘭給他們過節吃，但大王回美後很不開心，因為兩個小孩說，他們以後聖誕節想吃火雞。大王在過節吃什麼這一點上很傳統，從小到大他就是吃羊肉，也很享受過節的食物，但他兒子居然說要吃火雞，這讓他很感傷。

憑良心說，我這個西洋外人是覺得羊肉比火雞好吃一些，我不知道小孩們有沒有吃過火雞？如果沒有，我有點覺得試一次應該就會回頭，我也是如此安慰大王的。

而今年我聽大王說，他想帶兒子們去我小姑家過聖誕，因為我小姑家是吃火雞的(大王酸說住奧斯陸的人喜歡跟隨世界潮流)，但我小姑無論如何是個好廚師，相信她的火雞應該不會太差。總之，即使吃火雞也要吃奧斯陸風的火雞，這樣才能平衡大王的心理，有時我真的不太明白，這點為什麼對大王來說如此重要？

元旦的⬤出

前幾頁的邊條也有說到貓飯店，我秀出照片的那家是我目前能找到最好的一家，雖然它一間房間只有一個廁所格大而已，但相信我，那真的比多數貓飯店的房間大很多了，因爲它年年聖誕新年假期都爆滿，我聽櫃檯人員說，一般人都是「提早一年」就預約好了。

在擠不進去那家貓飯店的狀況下，我實在不願意去歐洲過聖誕，因爲我覺得把我家兩隻貓關在其它貓飯店那種籠子大的空間，還一關就關了整個聖誕連新年的假期，我就是覺得很不人道。

所以我經常沒去歐洲過聖誕並不是爲了其他什麼原因，就只是爲了我的兩隻貓而已。

2010年聖誕節过後，大王就啓程前往荷蘭，准備和孩子們跨年。雖然這ケ行程算是他在年底臨時起義的，但我也沒有意見，骨肉親情是人性也是天性，一定要理解的。

一刚開始，我也过得挺快活的，每天吃自己事前備好的家鄉味、不用幫別人煮飯泡嗓逼，西雅図的雨水也很照顧，為我啓动了天然的保全机制……

（沒有人會在下大雨的深夜上工的！）

（就算是強盜也要看天吃飯！）

然而，好日子只得兩天，接下來的天氣竟放大晴！白天雖然也有零下或零度左右，太陽卻大到不可思議！而且連續好几天。除夕那天，我終於把聖誕樹拆下來了，拿到我家屋外的坋圾場放（不知不覺地，庭院終於成了ケ私人圾圾場了），一出門我嚇了一跳──

（地好乾!!! 乾到枯枝落葉一踩下去会発出脆響！）

很難得地，西雅圖也有這一天！屋外竟然还比
有暖氣的屋內更乾燥！

手機今晚
跨年，鄰居
都別放炮、
放煙火啊…

（我居然進化到会 觀自然了!!!）

天乾地燥很
容易引起火
災吧……？

很慶幸地，我鄰居真的沒有人在放炮或放
煙火！12點过了，2011來了，我確定屋外没起
火就上床準備睡覺了。
但，突然間，我兩隻家貓異常地衝進大王
的小書房望外看，四耳呈警戒狀態地豎
著……

有…有腳步声!!!
（和我白天
踩地一樣
的声音!）

草泥馬的,
我該怎麼辦!?

我的庭院是沒燈的，所以我立刻去找了一
支手電筒，開門（這不是大門，只是一个陽台和
書房之間的門）出去站在陽台上，用手電筒
掃射。
在屋外，腳步声更明確了，但是我並沒有
照到任何生物！

会不会在
另一边?

好天! 我好怕嚇……
萬一是坏人,我怎麼辦!?

庭
院

我掃射
的地点
(屋内)

院

由天空往下
看之平面圖

這一次我真的是被嚇壞了
，到底屋外是人是動物將
永遠是個謎，因為當時我
並沒有勇氣去看個究竟。
只是這件事事後也沒有給
我留下什麼陰影就是，我
平安沒事、大王回來了，
那東西不論是啥，他的出
現只是個案特例，而不是
會再回來的那種，所以日
子可繼續過下去，如果不
是現在在整理出書，我根
本就忘了這件事了。
這之後我也依然有數次獨
留在西雅圖顧家，再沒發
生過類似的狀況，我也就
沒那麼怕了。
只是想起來還是覺得，那
真的是生命中相當緊張害
怕的一刻啊！

接下來，我一層樓一層樓地檢查門窗，不知為什麼，也小心避開玻璃窗範圍，大概是不想讓歹徒看到屋內只有我一个弱女子……走到最下一層，也就是我們以前的主臥房，那裡，有扇門通往庭院，門上有玻璃框，但有覆蓋著百葉窗片，位置在此：

正在此時，我站在這扇直通庭院的門之前，腳步聲居然向我走來，而且，就停在門外，我的面前!!! 換言之，我知道歹徒只隔著一扇已拉下百葉窗的門，如果，我在那一刻拉開百葉窗，用手電筒往外照，我就能看見那腳步聲的主人了……

人生遇到這种抉擇的机会有多少呢？如果是你，你会不会要看真相呢？

如果我家有另一个人在場，我想我会要看真相的，但那一刻，我想到的是：不要讓对方確認我是男是女！寧可讓他覺得可疑、感到有風險！

所以我連一声 Hello 都沒發出來，悄悄退回二樓（上層或下層有动靜，二下都是較易全面掌控的位置），我右手握著防狼噴霧，左手拿著手机，就这樣撐到天亮。（雖然到後來已經累到意識模糊了）

我不記得过去的人生中，有哪一年像 2011 一樣，我如此地期待、迫切想要看到元旦的日出……天亮後，屋外早已沒任何动物蹤影，但这 2011 的開年腳步声，在我人生將永遠是个謎……

〈註：現在大王当然已經回家了，一切恢復正常。〉

我一位住德州的朋友今年來看我之後，他承認，這樣的房子就算是他，在晚上一個人的狀況下確實也會感到害怕。主要是這房子週遭相當隱密，鄰居也沒靠得很近，不要說入夜了，白天也沒多有聲音。

可是人也很矛盾就是，因為這裡的隱密隱私性，其實是當初找房子時就列入考量的「想要的環境」，所以怎麼說？自找的？……

這裡說的是左邊那一個包 ...

甜點

去年,我也不知哪來的閒情逸致,居然手作了幾個包,拍了照和讀者們分享,反應还不錯,雖然我也沒有要賣,其中一个是我自己也很喜欢

←繩子.

是用銀行的帆布裝鈔袋改的。

自加→
五金。

雖然我也認為很不錯,但任界誰來看,都会覺得这是女性款吧?

上星期我和大王去一家我們常去的義大利餐廳吃飯,由於那是一家小餐館,服務生永遠是同一人〈說不定他就是老闆,我們沒問过〉,所以彼此的面孔都不算陌生了,點菜時,他居然問起我的包——

請問妳那个包々哪裡買的?好々看口喿♡♡♡

亡还閒心!

買不到的啦,她自做的……

這個老闆後來證實不是 gay，他娶老婆了，老婆事實上還在店裡幫忙 (服務生)，只是我們都不知道她是他老婆。

他老婆有個很特殊的身材，就是人雖看起來瘦，屁股卻大得驚人，如果她生在台灣，想必就是那種傳說中「很會生」的人，但我不確定這對夫妻有生小孩。

大王，出乎我意外的，對她的屁股讚不絕口、讚到喜馬拉雅山登頂再一路下吐魯番窪地再來回四五趟那樣，讚到總之讓我傻眼的程度。

因為，我不記得台灣有誰喜歡自己大屁股的？翹到有睡眠障礙可以，但是不要大吧？雖然我沒見過宅女小紅本人，可是從她過去的照片看，我覺得她的馬鞍甚至不是這個女人的對手，真要認真地比較的話 (誰允許妳比了？)，頂多是這老闆娘看起來應該比小紅 (的照片) 高。

他还說上次我去吃飯時，他就注意到那ㄍ包了，那時就已经很想問，这回，他不但問了，还向我借去仔細看……

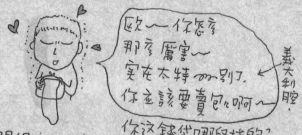

問得真細彌遺→

歐～你怎麼那麼厲害～实在太特ㄇ別了，你应該要賣包ㄉ啊～

義大利腔

你这錢袋哪兒找的？五金呢？繩子不会也在ebay買吧？……

不只如此，当我表明我的材料是從ebay買的，他居然立刻上去ebay搜尋！喜愛之情讓我差点想把包ㄟ送給他！(註：他有台筆ㄉ電就放在角落空桌上，这該是平常沒客人時，上網用的)。

理智桌！

这包您怎麼看也是很女性化吧？就算他是gay，也不能說很配ㄇ啊……

最後，他居然一直鼓勵我朝包ㄟ界發展，而且还不要忘了，如果我有一天開賣，要通知他！然後我們点的飯後甜点他还不要算錢，堅持要請我們吃……，我真是想都沒想过，光憑一ㄍ自己DIY的包，也能賺到免費的飯後甜点!!! 他，一定真心深愛这ㄍ包吧？

去年底我其實有暗暗計劃要開始在美國賺錢，計劃雖然不是鎖定在包包項目，但也是「手作」範圍，都還沒開始真正執行，就已經受到莫大的鼓勵，我不能說不詐異，連大王也開始對我產生很大的信心！他說他穿了我買的外套後，生平第一次有人問他外套哪裡買？可見我很具「商業眼光」，尤其選老公，那更是選得超級好！

（接上頁邊條）

所以我猜大王應該也會喜歡小紅的屁股吧？還是說小紅的註定有工程師的緣？

這件事我說不上來是忌妒，畢竟我沒嚮往（也不會從此嚮往）成為大屁股，那怎麼忌妒起？應該說，這在我心中是另一個永遠無法懂的謎吧？

但我也沒有真的很想懂……

（對了，據個人意見的資訊，我和小紅其實是相見過的，我辦《活路》簽書會還座談會時，承個人意見幫忙站台，而小紅有來找個人意見，據說我和她一度距離沒有很遠，可是這件事我是事後才知道，並且我也完全沒有印象有見過一個大屁股的女生，可見小紅屁股應該沒那麼大吧？）

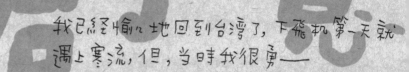

創意

我已经愉々地回到台湾了,下飛机第一天就遇上寒流,但,当時我很勇——

你穿这样太少了吧?

很冷耶!

那有冷?

台灣很暖吧?和西雅图怎么比?

不过,勇不到兩天我就知道我錯了,台湾的濕冷法真是天下第一強,早在第二天我就覺得那股陰寒已经逼入我的骨髓裡了,我和我弟二个破少年(相对我媽而言),開始在家吃火鍋取暖——

結果啊,羊毛真的出在羊身上嘛......
我在那邊靠冷靠了兩天後,我弟終於拿一個舊的暖氣機回來,第一眼我就覺得前世有見過,第二眼果然證實那台暖氣其實是我的啊啊啊!自從我搬到美國後,我原本住家裡的東西就被我弟或我姊有甲意就儘管拿去,用到誰也不記得原物主是誰那樣,所以我弟以為那是我姊的,但其實那是我的。

不要亂花錢!!!

好冷喔,我們應該去買暖氣吧?

我去姊那裡搬一台回來......

就算是冷,也要省錢!!!

而且我弟的火鍋吃法也好省喔，他去買（外帶）一份個人火鍋，然後去超市再買料來自加，所以只花一人份的錢，讓我們兩个人都吃得超飽，隔天还用剩下的一桌湯煮了一鍋稀飯，所以一人份火鍋讓我們兩人吃了二餐还超飽！

寒冬中，真是有一股暖流啊～

居然这樣吃了二餐……

这是你今年求生新招？

我和我女友都嘛这樣吃……

又省、又暖、又飽足

因為我媽吃素，所以我弟这把戲也無法邀我媽參加，然而，另一方面，我媽也有一个保暖新花招喔……

你如果很冷，怎麼不戴帽子？

帽子？你也沒戴啊…

誰說我沒戴？我有美國級科技隱形毛帽!!!

表　裡

我媽所謂的毛帽
——我後來也買了一頂。

原來我媽的「毛帽」是一頂半假髮！『為什麼不能把假髮当帽子呢？』她說，而且还省去了洗髮的麻煩，增髮量、救塌髮，好處多得不得了。聽說，这是邱毅給她的靈感！

阿彌陀佛—

我一直以為我自己是家裡最有創意的倫一但，每次回台，我又有一种被打敗的感覺！我弟和我媽往～又有新招開發出來，而且也不断敗中求勝……

还可以遮頭皮屑…

HELLO

友情

這次回台灣因為沒有事先為專欄積稿,所以每星期都要去向前夫阿輝借電腦。

我做稿的方式是這樣的——

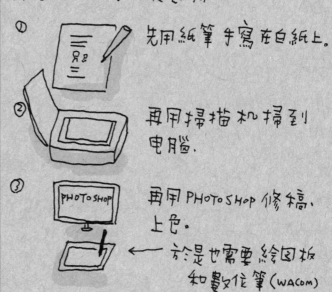

① 先用紙筆手寫在白紙上。

② 再用掃描机掃到電腦。

③ 再用 PHOTOSHOP 修稿、上色。

← 於是也需要繪圖板和數位筆(WACOM)

在這种流程中,光是我帶回的筆电並不夠处理,因為我需要掃描机,也無法不用繪圖板+筆,而这些東西携帶不易,一定要找人借,而阿輝是我最容易蔴煩到的人,因為移居美國後,我一直还保持有联絡的,其还有上述配備的,大概也只有他一人……

玫怡曾說,她後來乾脆直接用繪圖筆直接寫進電腦了,其實阿輝也說他都沒在用掃描機了,他那台掃描機應該是為了助我而買的。好像大家都逐漸電子數位化了,連個原稿底稿都再也沒有。可是我總是感覺如果用繪圖筆寫文章(字),我的手腕應該會很快出問題(肌腱炎什麼的),我覺得自己還沒有辦法這樣寫,因為我還有性急的毛病,有東西要寫如果沒能快速順暢地寫下來,我就會整個斷緒寫得非常糟,而用繪圖筆我絕無辦法寫得和使用普通紙筆一樣快。而且我平時寫字就沒很用力,但使用繪圖筆讓我感覺要施更多力才能控制得較好。所以至今我還是無法捨棄掃描機。

小吳就是吳旭曜，就是氫酸鉀。
他家充滿了一種個人特色：

這是他工作，也是被我暫借來工作的地方↑

←客廳↑

照片拍出來，雖然很清楚，不過難免有不該出現的影子，在 PHOTOSHOP 中如果把影子淡掉，有些區域的字又會淡到快看不清，如果字要又黑又清楚，影子又很難去除，好在，這一天不是只有我在阿輝家，阿輝也約了另一位我們都認識的朋友小吳（吳旭曜，又名氯酸鉀），這時，二个大師為了我这幼稚的图片在奮戰著，連我都不知道為什麼……

我來我來。

我知道了，可以这樣調……

啊……

不……不用了……我那种稿子隨便就可以了……

所以說，上个星期託二位的福，我順利交稿了（果然看不出來是用相机拍的），而這一週──

妙～你來我家做稿吧，

甚至过夜要來都沒關係，我鑰匙留給你……

不会啦，有什麼好偷的？幫我餵魚就可以了！

不好吧？萬一你家東西丟了……

聽說一條不萬耶……

比較讓我吃驚的是這兩個電話，當天電話有響起，先是響聲大得我嚇一跳，然後看他居然是實際在用那個老公用電話在講電話！

然後他還騎這種機車（實在也太引人注目了吧）……

前面邊條有說過金飾盒若要印字，可以乾脆用中文印，不懂又想知道的外國人自然會去打聽它的意思。

我送我婆婆的老公的金墜子確實一面寫福一面寫壽，他有來問我那是何意，我也有解釋。而且我猜對了，對我們來說還蠻俗氣的墜子，老外可是很喜歡，他一邊聽我解釋中文一邊眼睛閃星星呢。（可是當然我後來有發現我的禮真是送得太好了，挪威人送的禮我真是不敢置信，有旅行箱，有書，有襪子，有烤箱防熱手套等等，簡直是隨便得很哪！虧我婆婆的公公還為了這個生日宴會幾乎包下那家飯店，讓每個遠道而來的嘉賓免費住宿一晚。）

飯店房間風景是這麼優：

去年聖誕我從台灣買的金飾大受好評，所以此次我回台之前，大王就有交代「可以再買一些」備用。剛好這一陣子金價有跌一些，所以我也就去銀樓促進了一下經濟……

這ㄍ高音譜記号可以送大王当情人節禮物……

這ㄍ「壽」字的墜子可以祝賀婆的老公生日……

（我也覺得很俗，但外國人懂什麼呢？）

也不知台灣景氣是否不太好，只買了一桌小小的東西，我感覺就被当成上賓即……

老闆，我要看櫥窗那ㄍ墜子……

好好

我这裡还有很多花樣，我多拿一些給你看……

由於老闆很熱心，也很信任地拿了一堆不同樣式給我送，我也很阿沙力地當場就決定了，和他買了二ケ墜飾，我甚至連今日的金價都沒確認．

所以，老闆用計算机算了一算，告訴我一ケ數目，還把尾數都去掉後，我不疑有他，高興地付了錢，提著ケ精緻小袋準備離去⋯⋯

我對無聊的小事記憶力一向超人，像我就還記得我媽生平第一次被人叫歐巴桑那天，她氣得碎唸了一兩天之久，當時我覺得我媽真是太大驚小怪了，沒想到如今我也不過是被叫了聲大姐，就寫了一篇文章報仇，果然比起來，上一代的人真是刻苦耐勞多了。

但，以上畫面和年菜目錄一樣，都只是揚眉吐氣的參考用，真實的畫面是：我帶著一顆破碎的心，連眼淚都流不出來，消失在茫茫的人海之中……

勵志地告訴自己，人生總有第一次，不要被偶然一个小白打擊到……，好不容易，走漫長回家路頂著一顆破碎的心，回到家，精打細算的我娘卻確認了我被多收工資的事實（宅重+工資不可能那麼貴）。

總之，我也祝各位大哥大姐 新年快樂吧！……

今年四月換麗芙(我公公的太太)六十大壽，這次我們沒去她的生日宴，不過我小姑事先有打電話來問我們一家是否要和她們一家一起合資買禮物，上次我們就一起合資買給我婆婆的老公一個IPAD當生日禮，所以我總覺得我小姑買的禮物還可以，不會太過隨意，於是就答應了合資，讓小姑代購禮物。

結果我們五月初去麗芙的小島時，麗芙有拿出一個錢包謝謝我們大家送她的生日禮，我看到後又是一驚，因為那錢包感覺不會很貴重，但卻是那麼多人合資送的。

我不是要怪小姑，我是要說，挪威人送禮真的是很隨意啊……

人情味

挪威的卑爾根機場規模算小，可是我今年卻發現他們的設計很狡詐，那就是，他們的免稅商店是設置在一個狹長型的空間，而所有國際航班的登機門都要從這個免稅商店中央穿過才會抵達，而免稅商店也立標說得很清楚，一個人去哪國可以帶的菸酒是多少，入境挪威可以帶的又是多少（是的，因為機場小，所以外國人抵達入境也是會穿越過這個免稅店，才會碰到檢查護照的）。那種設計感覺有點突兀，你以為你是要去登機或入境，結果卻來到免稅商店，很多人的第一個念頭是「自己走錯了」，通常會折出去再折回來，才能確定自己沒走錯，那是唯一的道路。

連大王都說卑爾根機場設計得很奇怪，怎麼會把免稅商店放在中央擋路？我說這是聰明不是奇怪吧？機場就這麼一丁點大，把免稅商店放在中央擋路不就是強迫提醒遊客買好再走？大王仔細想想，確實我們每次在此出入境時都買了東西，而且看看商店，確實不管你願不願意都得走進來，所以生意真的不差，應該是地盡其用最佳典範。

所以卑爾根機場其實有點詐啊⋯⋯

其實我还蠻喜欢我們的机場的，走过世界各大城市的机場，我覺得桃園机場的吸煙区真是高明到連孔明都想復活認證！

室外吸煙室←

我不是已经出關了，怎麼还能去「室外」!?

不可能是真的是室外吧？⋯⋯?

詳情我也不清楚，畢竟我不是学建築的，也不是諜報人員知悉机場平面图，但，二航廈的吸煙室还真的是正港的室外!! 但卻不是那种毫無阻攔可以偷跑的。相較於丹麥重金買了「吸煙小屋」及荷蘭搶爆了的小吸煙密室，及美國多數全面禁煙卻搞得一出机場臂亂連天（愈是趕盡殺絕的就愈髒啊），我認為桃園机場真是可供世界各國參考呢！（難得有人要緝護桃園机場，卻是在這种「正義之士提都不願提的項目⋯⋯）

故鄉情

今年過完年從台灣要回美時，在機場還是有再遇到這個打掃吸煙室的女士，我主動和她打招呼，沒想到她也還記得我。

其實我是個超害羞內向的人，會主動和一個沒有很熟的人打招呼，可以說是要鼓起莫大的勇氣才做得到，況且她在機場工作這麼久了，每天遇到的旅客不知有多少，我根本不敢奢望她一年後還會記得我，如果不記得，情況不是會搞得很尷尬嗎？雖說對方是個很健談的女士，但我自己事實上是個交際白痴，遇到這狀況，儘管我年過四十也絕對還不知道該怎麼帶過。我一直任性地沒學好人情世故那一塊，也懶得要求自己要講場面話。但還好她記得我，還和我說李傻妞今天休假沒上班。

（接下頁邊條）

這回回美時，我當然也沒忘記去光顧一下這神奇的「室外吸煙室」，

抽煙有害健康　←配合政府政策，這是一定要掛的。

不過，剛好遇到打掃的阿姨在打掃……

抱歉，妳再10分鐘再來……

所以，這10分鐘我不但去逛了故宮的商店，還打了一通電話回家，結果回來後……

還要再10分鐘……

你要不要去另一邊的那間？

原來這吸煙室還不只一間！！

所以我真的去了另一間參觀了，沒想到，回來再次遇上打掃的阿姨時，她居然連我的名字都知道了！！！

張小姐，

你是張妙如吧？吸煙室掃好了喔

原來在台灣，抽煙要被記名字！？

不會吧？架恐怖！？……這阿姨難道是特務人員臥底的？……

吸煙有害健康　←配合政策。

正當我还在考慮要不要心臟病發時，还好答案揭曉了……

一般而言，我不是那麼喜欢被認出來，但，比起政府偷偷派人記下黑名單（这是我的妄想啦），被認出來實在是太有人情味了啊！我馬上去故宮幫李僑妞簽名！（这句話怎麼有氣勢非凡之感？順便一提，李僑妞当然是代号）

大王在場，所以我介紹他們倆認識，事實上大王嚇了一跳，想說我怎麼和機場的人這麼熟，連打掃人員都認識嗎？（在這之前，先是發生了我們幾天前入境台灣時，被檢查證照的官員認出，而且再上一次大王來台灣時，我們也同樣在長榮劃位時被認出，所以大王覺得桃園機場簡直是我的地盤。）別小看吸煙室這個清潔的女士，她可是會說英文！她拐我一時說我老公很帥嘛，然後也跟大王說我一年來都沒變老之類的「閒話家常」。託大家的福，我老公現在在台灣都不敢隨便對我不敬，就深怕他自己的形象會破滅！
我突然覺得，其實我的同胞們也都用一種微妙的方式在挺我，除了我家人之外，這片土地上的人，就算不那麼熟識的，也都還是在當我的後盾，給我溫度！難怪人家會說，世界再怎麼大也還是故鄉最好！
真的謝謝你們‧‧‧‧‧

吉祥小物

這次過年我在台灣待得比往常都更久,也花了比往常更多的錢,本以為,這樣就夠本了吧? 我應該能逃脫以往「回美後就失心瘋地狂買以收心」的習慣,(況且這回我还帶了一堆工作回美),沒想到,人的慣性和天份(?)真是澎派得強而有力啊!

我先是買了這個零錢包:

這個就是我至死都不願分離的錢包,零錢能被這樣整好在內,真的是我覺得世間最棒的發明之一。

我有需要啊~~

什麼需要?妳明ㄋ有ㄍ至死都不願分離的錢包!

有零錢架,能整齊地收放銅板。

那我台灣的零錢呢？它們沒有家啊！

你知不知道那些硬幣因為老是沉在包包底，我每年都被找了一堆零錢回來？

總而言之得買就是了……

千萬別和女人吵……

而且我打算，在這可愛的小永豬公上貼一个「滿」（春節嘛，立景呀♡……什麼，春節过了嗎……?）

滿

電腦摩捹定畫面

緊接著，我也不知道為什麼会突然看到這个東西：

我相當龜毛，我後來改了它拉鍊的方向：它原本拉上拉鍊後的拉鍊頭位置在腿部，但我覺得應該要在背上拿起來比較可愛！牽著一隻豬公的感覺。

因為我已經有一個至死都不願分開的錢包了，所以這個錢包被分配來放台幣，也就是我回台灣時，用的是這個台幣錢包。

然後我又自己做了一個口金版的豬公，這個是歐元包，去歐洲的時候用的。

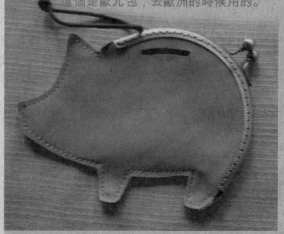

實話說，這雙 TAXI手套至今沒戴出門過一次─我又來了，我總是一直在買一些「感覺穿出去會讓自己害羞難堪」的衣物，所以要穿戴這類東西出門總是要鼓起莫大勇氣，而每當出門前面對它們，我又總是會問我自己，幹麻要這麼拼命啊？難道丟臉是會有獎金嗎？不會。
所以我不知道我為了什麼要這樣亂買.......

(可是我還是覺得它好可愛喔！所以三不五十還是會從衣櫃中拿出來貼一下臉那樣。)

不過呢，在台灣待比較久還是有差，我這次的安慰失心瘋購物也止於此而已。

傑克珍妮佛

我們的鄰居之前逼我們把兩家之間的樹籬剪短（並不是此文提到的同一叢），而且一次就剪得超短，因為他們夫妻說，這樣樹再重新長出來後葉子才會在下面，才真的有遮蔽的效果，否則樹無限往上長葉子都集中在上面，人的視線那一區看到的反而是樹幹而已，根本還是能從樹幹的縫隙間看到彼此。我們信了他們，後來也證實他們所言不假，如今兩家之間的樹都是茂密的樹葉集中在視線區，遮得既好又比較美觀整齊些。

於是大王就開始計畫也要把此文提到的這區樹籬剪短，我也贊成。只不過這一區的樹目前又長到超過電線了，要把它們一次剪到短不是那麼容易，畢竟萬一樹枝把電線整個拉扯下來，不要說我家會停電，我們整個社區都會因此停電而恨我們吧？所以目前我們還在想到底該怎麼動手……

從台灣回美沒多久，我家就接到一封書面通知，內容是說電力公司將会派人來修剪過高的路樹，以免風或雪將电線压扯斷而停電……

彷彿是靠社会救濟的夫妻檔

是這樣的，我家屋外（庭院）有一大堆我們不想看見的東西，其中一樣是「樹籬」，它們本該矮々地圍在庭院和道路的界線上，但是因為傑克很神奇珍妮佛很棒，所以它曾幾何時已經變成我們再也碰触不到的「高籬」——

就是這一叢。如今的樣子。

這一張比較看得出電線在哪兒。

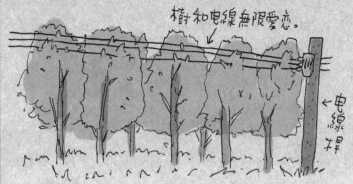

樹和電線無限愛恋。

←電線桿

再高的梯子也沒路用了，只有這种工程車才有辦法解決——

←有一个小方格可載人上去高处的。

雖然我們的樹(是的，嚴格說，這些不是公家樹，是我們私家的)一直窮挺它不缺鈣，數年來未曾壓斷过電線，但我們也不是沒自覺，我們一直都知道並該趕快修短，ASAP！但傑克和珍妮佛我們超越不了，日子只有這樣一天过過一天……，居然，也等到電力公司自己要來修路樹！

等久，

我本多疑

萬一他們只修公家樹，不是白歡喜一場？

只修公家樹幹麻寄通知來？安啦！

一定有我們的份！

上星期的某一天，一大早屋外就吵得不得了…

是誰啊!!? 混蛋!! 不知道人類需要睡覺的嗎!?

這是……

我們有通知過……

來剪樹了!! 真的來了!!! 歡迎 歡迎

也不知怎亥地，我一直不敢出去外面看，我心裡很清楚，神木不是一天造成的，羞愧中的良知說我只想躲起來，將一切的責任推給已經不慎露面的大王，就假裝，只有他一个人住在這裡吧……

電力公司的人走了之後

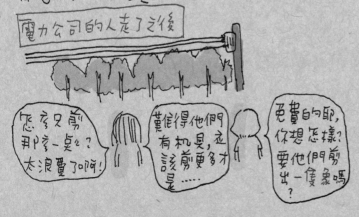

怎亥只剪那麼一點? 太浪費了啊!

難得他們有机具，該剪更多才是……

免費的耶，你想怎樣? 要他們剪出一隻象嗎?

那些樹的樹葉在照片中看來是紅色的，我雖不知道它叫什麼名字，不過這種樹的樹葉會隨著季節變色，並非永遠是紅色，多數時間還是綠色的葉子。但它們並不是楓樹，這點我很肯定。

而且它們也不是一開始就是高個兒，我印象中，十年前我們剛搬進來時，它們確實是普通成年人類的高度的整齊圍牆，隔離了我們的庭院和外頭的馬路，是我們任它自由成長，才長成如今這般的大樹的……

所幸我們對面的人家也種了同種的樹木，而且，他們似乎採取同樣的放任政策，因此他們的那一叢和我家的這一叢不但幾乎長得一模一樣，還兩叢都一起往馬路擴散，有一段時間我都快覺得我們快要有一個綠色隧道(或紅色)了，若不是電力公司有派人來修剪的話！

就在剛剛我們外出吃完飯回家，我們看到對面臨居終於雇人來修他們那一叢了，現在已經短得和一般成人一樣高而已，連側面都修出和道路呈九十度的直角！嚇得我和大王花容失色，看來，我們也是不能再拖了……

妙記停止連載到現在居然已經一年多了！其實這一年來我過得很輕鬆，終於不用在旅行前努力積稿，或在旅行中向朋友借用做稿工具，每週不用去回想上週發生過什麼事，雖然我現在有另一個博客來的專欄每週要寫，但性質和妙記完全不同，那專欄在旅行間寫稿也沒問題。更何況其實我每年都還有交換日記要寫，以往妙記連載遇上交換日記寫稿期時，對我來說簡直就是「雙殺」，因爲妙記性質和交換日記比較雷同，我哪來那麼多采多姿的生活可以這樣同時進行啊？所以說，或許讀者們覺得沒有妙記會不捨，但就我而言，我現在是比較解脫了。最近因爲要出西雅圖妙記第七集，但之前的餘稿量又不足一本，所以我又開始寫妙記並放在部落格上讓大家先睹爲快，然後現在寫完了，很多人都問我再來呢？妙記還會不會繼續寫？

告別

預演

本週相當突然的一件大事是：寫完這個月份的專欄，西雅圖妙聞就要結束連載了。

事情是這樣的，某天，有位讀友去我網站留言板問我，HerCafe 的我的專欄連結怎麼失效了？

真的耶……舊稿都查不到了……

然後我突然想起，前一陣子是有收到 Yam 的連絡人的來信，問我是否願意將本專欄授予另一个網站「共同使用」？他說，HerCafe 這頻道將会給那个網站管理……

這是什麼狀況!? 本人實在不懂商業密机啊!!!

算了，「按照合約」來好了，最不会出錯!……

当初的合約，当然是和天空传媒簽的，我想我無論如何就是以天空為对象就是了。（大事化小，小事就別掛心上……）

然後就發現了舊稿連結全失（效）的狀況，搞得我連本週是否要交稿都不清楚。

吾人有一种
突然失業
的感覺……

寫信去問
女子了……

基於懶得理解商業運作原理，我只能「憑感覺」猜想 HerCafe 是換老闆了（?），和天空当初的合約簽到今年三月，所以連絡人和我就決定依約寫到三月。

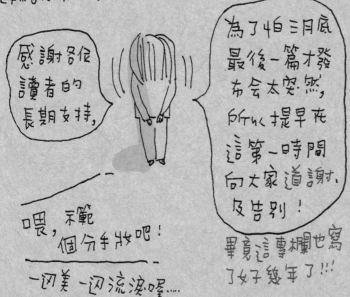

感謝各位
讀者的
長期支持，

為了怕三月底
最後一篇才發
布会太突然，
所以提早在
這第一時間
向大家道謝，
及告別！

喂，不範
個分手妝吧！

畢竟這專欄也寫
了女子幾年了!!!

一边美一边流淚喔……

答案是，我也不敢肯定。如果有人找我連載我就繼續寫吧，有交稿的壓力畢竟比較能逼迫一個自由作者去定期寫稿，如果沒有交稿的壓力那就是隨我有心情才寫了，那麼一篇和一篇之間的期限會是多久？我也完全不敢說，畢竟我還是有別的事想去做，尤其現在都步入中年了，我更有一種「再不把握還有體力的光陰，比賽就結束了」（不是真的比賽什麼，我指的是人生能去實現夢想的精力），我確實也還有一些夢還想去完成。

所以，就這麼說吧，我可能不定期會寫一下，但之後的文章或許就不會集結出書了，除非編輯死逼我，或用電子版的型式另外呈現——這種年代畢竟還是要機動彈性點好，因為這是個變化多端的世代，誰都無法預計未來會怎樣轉變。

那我怎麼辦了？讀者会懷念我吧？

你？你还有个很重量級的任務，就是養我！

趕快去賣胯！

我自由了……

（不要被此篇誤導，是月底才停刊，不是這一回！）

最後這一點的剩餘空間就讓我來進入正常的本週生活吧，上星期下了好几天雪，所以大王也就乾脆留在家裡上班（因為勉強開車出去經常不是堵在路上，就是發生意外，或被別人的意外延誤浪費更多時間），我家因為是坡地，不知怎麼地，花開花謝的時序總慢人家半拍，連融雪也一樣慢人好几拍，以至於大王一直以為雪況还很嚴重，直到他終於某日出門上班後，才發現全西雅圖只有我家还有雪（而且还蠻厚的）！

我終於不用活在隨時被人爆料說壞話的陰影中……

雪还這麼厚，別去上班吧？

什麼別去上班！？我們的世界和別人不一樣！！

我心中 的 小小男孩

↑小小男孩小的時候（和外婆）。
（頭髮的光澤可真是像假的啊）

我記得以前有一次和大王出國，在机場有一個女性安檢人員和我們閒聊（夫妻倆一起接受問話，問話內容很基本，就是「行李誰打包的啊？」，「有無受陌生人之託，幫忙帶東西啊？」這一類的問話），未了，我也不知道這個女性為什麼突然說——

哇，You are big.
↑
不会有人不知道什麼是big吧？就是「大」。

Big?!你什麼意思?!

Big就Big啊，还有什麼意思？

我神経有時也放給它有鬆，当時只觉得大王也未免对"Big"這ケ字反应太大了吧？（因為我們通过後大王还一直碎碎念，一直在說她是什麼意思？）

這是不是和我被人家叫大姐，我媽被叫歐巴桑一樣的心結？可見人人都會有這一關啊……

——→

小小男孩從小到成年出社會後都是很瘦的，更有一段怎麼吃都吃不胖的歷程，難怪他至今都不敢相信自己已經不同了……

我心裡一直在想「人家沒說你肥就已經很符合善良風俗了，用 BIG 到底是有多錯」？在我們10年的婚姻裡，當然大王也曾經問過我 他肥不肥之類的問題，不过，很多兩性專家都説过，夫妻之間不可以完全坦白，因為坦白有時候是很傷人的，然而，也不能夠 睜眼説瞎話，因為那樣誰都聽出是謊言，於是就会覺得 对方敷衍沒誠意。所以通常我是会説成這樣中肯和安全——

你的肚子真的算大——我不能説謊，但还好你人夠高，所以也不能説是胖……

所以我就是壯嘛！

為什麼会変成這樣？？但我也懶得追究。

至於我的肚子，我承認就是大，我從以前还是皮包骨時，就有大肚子。

①大王確實曾是瘦竹竿.

①聽他這樣説，会覺得「这ㄐㄧㄢ还真有自知之明」。

我真的不記得，這星期到底又是誰用了"BIG"
這ㄍ字來形容大王？

BIG!? 到底是啥意思!? 我們隔居那ㄍJim才叫做"BIG"吧？我差他很多好不好!?

為什麼不乾脆用"肥"(fat)？那還比較明瞭

不會吧!?大王難不成自認為比Jim瘦???

〈我覺得這二人看起來差不多。〉

如果你不高，那就是fat沒錯，但因為你又高，所以人家會用BIG……

← 又是恩愛夫妻吉祥話。

接下來大王居然自認為他和某位公司同事是一樣大小的（對方在我看來是偏瘦的，雖然身高差不多）

我不知道你居然會偏差得這麼嚴重!!!

你完全不能說是瘦好不好!!

你該面對事實了！你如果不是這麼高，就是一ㄍ胖子無誤!!

我剛剛在找大王的舊照翻到他和瑪優以前熱戀期拍的一些合照，其中有很多張都是瑪優比大王胖很多（其實瑪優不胖，只能說大王以前真的很瘦）的照片，我還是在心裡想著：還好你夠高，不然實在真是撐不起來啊，王！

還有一張瑪優坐在大王腿上，我覺得大王那雙細長腿好似可以立刻粉碎性骨折的感覺……（不是忌妒，是真有這種心驚感。）

因為沒問過瑪優同意，我不好意思把那些照片放上來，可是內心有種明瞭的感受，大王真的是瘦皮猴了前半世啊，我現在可以明白他為什麼還是一直覺得自己瘦小了，因為說真的，要從那樣胖到現在這樣，我覺得也不容易！所以居然達成了，誰都會不敢相信的！

真……

真的是這樣嗎？……

在我的心底，我一直都覺得我是那个瘦小的小男孩……

小小男孩……

不是只是肚子大了一点嗎？……

但哪個小朋友不是這樣肚子凸出來？……

喂，你不是認真的吧？鏡子難道沒照過？

那一刻，我終於真正覺悟（不是大王覺悟），大王，真的自認為还是个"只是有肚子"的瘦子，只差没自比非洲飢童。人家說，瘦成一把骨的厭食症患者，在鏡中看到的自己还是胖的，大王也原理相当，鏡子沒壞，是他的腦子壞了……

是時候你該清醒了！！

你心中的小小男孩已經是胖子了！！

搖

他穿XXL了！！！

事實上，我心中也有個少女，真的，她還是那個青澀害羞，見到人就想躲起來，覺得自己永遠和中年無關，甚至還在等待初戀的到來（見鬼了）的少女………

說得是有比較誇張一點，不過像我因為沒生小孩，仔細算算現實是離更年期也不遠了，但我心中的少女當然覺得自己和當一個媽媽永遠無關；所以僅管是快停經了，也還真不覺得自己若一輩子生不出個籽，有什麼不對勁！

而且，如果我去買東西遇到比我年輕的男店員說話眼睛直視著我，我真的還是會臉紅！很不要臉我知道，但，我心中的少女就還是個少女啊，我能拿她怎麼辦呢！

（這也多少解釋了我服裝上的怪異品味，不是嗎？一個少女怎麼甘願穿媽媽裝！）

天然 a 尚好

從我二月初回美國後,还真是忙得魂來不及附體,連去買菜都乾脆一次買個兩星期!

哪裡有時間每个星期來逛街!

更衰的是,上個星期買菜出來時,竟發生了一件難以置信的事!

這裡不對勁!

現在想來,當初就是因為走到這種角度,發現我居然能透視看得到對面的車子的車牌號碼,所以才會覺得那裡出問題了啊!

我的車好像看起來怪怪的....是哪不对呢....?

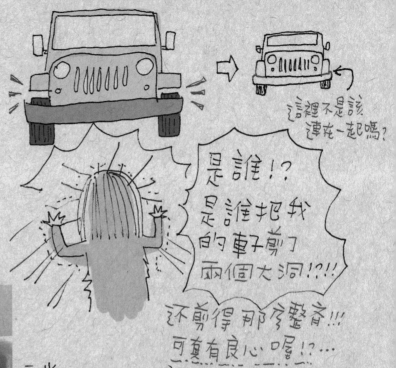

哼,像你這种貓,讓老子靠时 是剛々好而已…

這裡不是該連在一起嗎?

是誰!? 是誰把我的車子剪了兩個大洞!?!!

还剪得那麼整齊!!! 可真有良心喔!?…

平常对車有在注意的人,八成都知道我發神経了! →是的,吉普車那兩辺就是没和保險桿連在一起!可是我開了八年多,從來没有注意到這个細節,莫名其妙地在那一刻我卻發現了,而且还覺得它就是錯的!(一般的車都是有連在一起的)

就這樣,本該速々回家工作的我,卻淚盈滿框地開著車,四处尋找另一台吉普車的身影……

那被剪掉的部份搞不好不是車身，而是保險桿的一部份？？？……

如果是保險桿，修復就会比較便宜吧？

拜託讓我找到另一輛吉普，看看它到底是什麼……

像你這种貓讓老子靠腿才是剛剛好而已！

我就這樣心力交瘁地在街上亂繞了好一陣子，居然，街上除了我之外，再也找不到第二輛吉普……平常不是很多嗎？繞了一陣後，我突然腦力回復正常——回家上網查图片不就好了嗎!? 我幹麻在街上浪費石油!?

原來長那樣是正常的!!!

哈哈

哈哈哈

不正常的是我啊!!

我这是在無意識中給自己搞了個渾然天成的逃避工作新花招？？……天然A尚好

甜美 的 復仇

五月份我們又要去歐洲了，雖然現在終於不用簽證了，然而，我在歐洲，或說，為了去歐洲所受到的折磨，一點一滴，至今未忘。人類到底有多會記恨呢？看我的案例就知道。

我估計，我在歐洲的机場被沒收过無數瓶的水，二瓶洗髮精，三大罐以上的隱形眼鏡用水（然後每次抵達目的地就要趕快去買新的！），我知道我更該恨的是那些恐怖份子！可是，我也認為机場的人態度可以好一些。

復仇做了一次後就覺得自己是有病，既無效還多帶了一堆有的沒的東西。但更有病的是之後，之後我把這些食物都擺在工作桌旁欣賞（當然也是有一些實際有在用的，像筆啊，SUB啊，耳機啊，護手霜等等，然後還更添加了新夥伴：

杯麵型的小加濕器。

君子報仇，十年不晚。總有一天我要煩到你！

把我的錢还來……

要補充說明的是，美國態度当然也沒比較好，可是我飛國際時（美↔歐）都会注意到那些規定，所以也沒出过什麼大恩怨。

我的恩怨都結在歐洲內地國家間的互
飛（比如荷蘭←→瑞典或挪威），因為飛行
時間短，我行李通常也會弄成小包走
行程，所以不必托運。申根國之間的
飛行是小飛机，料想汽油也不會多到
可以飛多遠，有必要限制得那麼嚴
嗎？当然，現在应該又放鬆了，可是
我那受傷的心卻还沒獲得補償。

↓果凍狀的玻璃罐倒扣在小茶杯裡。

其實那本來是腮紅的瓶子吧，但我
把它拿來裝保濕的，一覺得皮膚乾
就拿來抹一抹。
右邊的是幸運餅小皮包，裡面裝兩
顆幸運骰子，有問題就拿出骰子就
問它，請它回答。（這也是神經病
之舉，但沒辦法，我心中住著一個
白痴少女。）

要怎麼做才能干擾
到他們的神經，
卻又完全合法呢？

我也是ㄅ驚三啊，要冒大險而又非法的
事我可不會自找麻煩。当然，一切应該都
是在X光機上！每次被沒收的物品都是
X光先掃出來……

呵呵……

老梁如果包裡全部
都是蔬果日用品，不
知他們會作何感
想？

人類有多邪惡，看這就知道了，吾人於是開
始一桌一濟收集「食物」，我打算，要絕对
合法，又要讓他們的神經被干擾到。

終於，我的計畫開始呈現了這樣的結果：

拿來放雜物的cupcake盒。
cream
護唇膏
提神精油
鏡子
cream
筆
唇蜜
USB記憶卡
拿來放假牙的小盒（對，我也從壯年熬到老了）（不是全假牙）
零錢包。（我決定每個国家或区域要有一个自己的錢包。）
耳机。还自己車了一个仿包裝袋。

怎樣？这会打到他們的神經吧？
我看这是你自己愛乱買吧？誰会理你

不管怎樣，本專欄就此向大家告別了！這最後一回就"藉著這些可笑的（且長期進行的）復仇計畫物，祝大家甜蜜，以甜報苦，生活幸福！

如今……

我還用一個餐盤裝著呢。
那個櫻花小碟的下面是個水杯，我喝水用的，這整個，我是當桌旁文具盤來用的，太多食物已經放不下去了，一些不常用、不必要的，我就收掉了。

這個人好欠揍喔！
真的快看不下去了..

水火之中

雖然,我也不是那种每天要看星座運勢按表操課的人,然而,每年 我还是会大概看一下整年運勢 保平安的,更河況,我家成員簡單至極,都是射手,一人看兩人補,何樂不為?

很不幸的,今年(2012)年初我就看到美国一個占星家蘇珊米勒説:海王星会在2月3日移到射手的家庭宮,她 強烈建議射手人買家裡的水火險,甚至要叫水电工來檢查家中水管等,因為海王星在射手的家庭宮会常來漏水之類的困擾,而且,為什麼要買保險呢?因為海王星这一待就会待上十四年!!

隨?! 隨在縮話?!

十四年!!

嚴謹人格的我,一想到十四年幾乎要立刻休克!是有必要那麼久嗎!!!

大家也知道，我家屋外的水管曾經凍破過，还是我看不过水每天在那裡漏失而自己去挖水管出來修的，自從那件事之後，我相当有魚決定以後再也不要挖水管了

哎一 这种事是妳決定，不要就不会發生嗎？

不是！所以我很苦惱，尤其今年回台过年期間，我和大王一起住在我位於關渡的住处，事有湊巧，才住没兩天，我的馬桶居然開始漏水！！

滴 滴 滴

是不是有病？ →

我的老天！！
2月3日都还没到就应驗了呵！！！

我一直在猶豫是否要和大王提買保險的事？畢竟14年不是个很短的時間，而且蘇珊的話一下子就应驗了，能不慎重以对嗎？

这种時候，我真恨我家成員都是身持……

这不是大大地提高了中獎率嗎！！？？

而且，这事叫我怎麼說出口？難道要讓老公覺得我是个無知的迷信女暴人？

幸運之手……

在我非常困擾要不要和老公提的時候，倒是大王突然丟了一份郵件給我，說要去開住戶会議。

水公司來信說，我們这一区的地下水管老舊，

是到了該換新的時候了，所以住户要去開会討論換置水管的事……

…我的天‼大王的命实在也太好了‼‼偏~在这种時候刚好遇上換地下水管‼

不像我台灣的家就直接漏水了！

平平是射手座，好像非常同工不同命呵！
有時候我还真是希望蘇珊能解釋一下……

誰有工夫去幫妳修馬桶漏水？

把水源关起來就算待妳不薄了‼

与母通話

对了，妳那ㄍ煮水器妳弟拿去用了喔…

……

這一篇開始，就是西雅圖妙記停止連載而中斷一年多之後又開始寫的第一篇，在我整理書稿的現在，其實很驚訝，因為前面才提到要修樹叢時，突然出現的電力公司派人來剪樹，然後這一篇該注意水管時，又出現水公司通知要更換地下水管的巧合！我們是不是有神靈在默默幫忙還是什麼的？天底下有那麼神準的事嗎！也太幸運了吧……

(叩恩啊，太感謝了！我都不知道自己原來如此幸運！)

瘋業

在這裡，又要講一個美國和台灣的不同。

在台灣如果你網購，通常不是宅配就是掛號，收件速度都很快，但也通常寄件者都會用「需要對方簽收」的方式寄件，就是透過中華郵政也是會用掛號寄。我猜這是要避免買方巫賴說沒收到之類的。

也許就是因為在台灣人與人之間習慣這樣寄送東西，所以如果有親朋好友要寄東西來美國給我時，也常會用國際掛號之類的。而其實，在美國只要是掛號郵件通常就會很慢才收到，比普通郵件要多拖個好幾天甚至一星期！所以我老是叮嚀親朋好友寄東西來給我千萬別掛號，千萬拜託普通航空寄來就好，很多人還以為我是好心要幫他們省郵資，事實上是一旦掛號就很慢，而且我十年來發現，美國東西很少會寄丟（尤其透過郵局），掛號還要簽收反而麻煩，又慢又麻煩又貴，那何必掛號寄？在美國我們連寄支票給人家都是用平信，所以根本不要怕東西會掉。

除了海王星會在射手的家庭宮一待14年之外，水星逆行也是這兩年相當困擾我的星象。

聽說水星逆行和交流、交通有關，所以水逆期間除了合約盡量不要簽之外，還得小心郵件的遺失或錯誤等。

去年水逆期間我遭受到了溝通上的反反覆的折磨，還有網購人家寄錯商品的失誤，真是讓我不快到極點，也因此，我對水星逆行這个星象深有印象、甚至懼怕。

但，前一陣子發生的一件事證明了我並沒有真正對星座多沉迷，雖然看是偶爾有在看，也沒真正多村姑（這是我僅存的驕傲嗎？）……

前一陣子的水逆期間，我沒意識到地突然熱衷於手作包，在網路上買了很多材料。

其實，早在我失控開始亂買時，我就並

該要有警覺了......

伊貝

喔～這塊布很不錯耶，雖然我已經不需要再買布，但，还是把它買下來好了！

拜託喔～不是水洗的期間妳也經常這樣好不好？拿拖！......

所以莫名其妙地，我買了另一組本來沒打算要做的包的材料。这些東西是有順利寄到我家，不过......

我是有什麼病呵啊～!? 幹嘛没事去洗布，还把布花給洗掉了!!!

居然有这种事：大家不妨問我洗衣粉用什麼牌子的！

其次，我為了这个不在原計劃中的包包買了一个口金 → 就是这東西，銅的。

那个樣式和尺寸中港台三地都有賣，还

這個我和他吵架人住加拿大的賣家，應該是個亞洲人（從名字看來），他第一次寄錯誤的口金給我用的就是掛號小包，所以即使他東西從加拿大出發，也是拖了好久才到我手上。第二次的寄送由於是因為他第一次寄送錯誤重寄，郵資要由他自理，他改用平信寄來，我果然沒幾天就收到了，不論是速度還是郵資真的都差很多，我真是不懂他為什麼一開始非用掛號不可？尤其這口金又不是多貴重的物品。大家也知道我經常在伊貝買東西，幾乎絕大多數的賣家用的就是郵局直接平信寄，也很少有糾紛（除非是商品自身問題）。我沒有要比較誰的國情好的意思，我只是要說兩地之不同，還有下次你若有住美國的朋友請你用普通航空寄東西給他，請別以為他只是要幫你省錢，他真的是同時想要省時兼省事啊。

賣得比較便宜，可是我因為不想等那麼久，就花比較多的錢和住在加拿大的一位賣家買，我以為，從加拿大寄到美國這該會快多了才對，哪知，我整整等了半個月東西才寄到！（早知道就從台灣買了，說不定还更快一些！）

重点是，東西半個月才到，颜色还是錯的！

我明人下單古銅色，你竟然寄銀色來！就算現在水逆，也不可原諒！！！

馬上去下惡評。

錯的東西还等了那麼久，还更貴，你以為你能 get away with it 嗎！？！！

瞧，因為这樣一個無端生出的包包製作，我花大錢買了錯誤的東西，还和賣方吵了一架，水逆是不是很邪惡？最後在賣方承諾重寄之下，我去改了評價，然而東西到現在也依然还没收到，可能是因為水逆还没結束吧⋯⋯。

就是為了做這一個方包而買的古銅口金，大家可想而知我為什麼堅持要古銅色的吧？因為銀色和這麻布就不那麼配了啊。

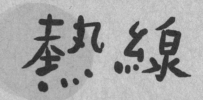

熱線

現在的生育率很低，但，其實我媽是很久很久以前就和我們說過了，如果我們不想生的話，她一點也沒關係，她毫不介意我們不生，事實上，不生更好。

我是不知道我媽是基於她自己養孩子的經驗，還是宗教因素，讓她這麼看得開？但我卻可以感覺我媽是說真的，於是我和我弟就真的都沒生。有一陣子我突然覺得沒有下一代還真的挺孤單的，老了之後連一個你可以用親情去強迫，去施壓，讓他偶爾回來聽你講點廢話的對象都沒有！這感覺起來可不像是個美好人生啊！所以我又打電話回家去和我媽理論，我問她，她難道不覺得她可能對我們下出錯誤的建議？雖說她的三個孩子尤其是我長年也不在身邊，可是我們至少都很關懷她，也算蠻常打電話和她閒聊的，難道她不覺得這樣也還不錯，也還有一點溫度？她能想像如果我們都沒生，等我們到她那種年紀時，是無人關心又孤單，搞不好生病了沒人發現就那樣直接死在家裡？這是何等寂寥無助啊！

但我媽還是打死不退，她和我說了不少啃老族的案例——就是已經老到透了的孩子不但沒有給年老的父母任何幫助或安慰，還拿刀拿槍回來逼父母給錢或提早分遺產，她說，要那種孩子做什麼？還不如用自己一生累積到的積蓄去住一間好一點的老人院，又有朋友又無煩惱，一生簡直幸福得不得了！

出門在外的遊子，最怕的是家中出了什麼事。有一天，我心血來潮打了个電話回家，想說，沒事和媽聊聊也好。哪知電話響了几百声都沒人接⋯⋯

我媽⋯⋯

該不会是昏倒在家無人知呢？⋯⋯

这种事從來沒發生过⋯⋯

很緊張的我，立刻改撥我姊家的電話，告訴她這件不尋常的事！我姊答应去查，要我靜候消息。

冷靜下來後我想，我姊畢竟是嫁出去的女兒早已不住家裡，我幹嘛問她呢？我应該要問的是当天早上上班前还見过我媽的我弟才是啊！！

我真不知道是誰的想法比較有偏差？是我的還我媽的？不過，我再次被她說服了。

因為兒孫也有兒孫的人生要過、他們自己組的家庭要經營，孝順一點的，了不起幫父母請個24小時全天候看護，這麼一來，一個人的晚年還不是多數時間都在和陌生人一起過，這樣和自己一個人住在老人之家有何太大不同？

我想我大概理解我媽的意思，她的意思其實和我的理念差不多，在現代的社會，其實連老人自己也要獨立起來，不論兒孫孝不孝，兒孫們總是要以他們自己組的家庭為主，照顧他們一家的生活和照顧自己的下一代，沒有拖著一家老小回老父老母家討功德，基本上就已經算是孝順了，還真的想指望他們伴著自己過完餘生嗎？真的能那樣做也不見得就是盡善美，因為男女早該平權了，一個已婚的兒子能如此做，背後代表的是另一個女人(太太)的犧牲，太太難道就沒有自己的父母該照顧？

所以我又立刻撥了電話給我弟，哪知，我弟電話一接起來沒頭沒腦地說了句『在聯絡』就給我掛了!!!

他是說他在聯絡了，還是「再聯絡」!?

什麼鬼???

這個家要破了嗎!!?!!

他到底有沒有認出我的聲音?? 還是以為我是糾纏他的舊女友之類的??

再打一通過去，他又是神智不清地說『電話沒電在充電了，妳晚點再打』，什麼東西??? 家裡的老母出事了，這是你該有的態度嗎!? !!! 老母的性命可以等待你慢慢充完電才來處理嗎!? 你何嘗是處變不驚慎謀能斷啊！

感覺老母沒事但老姊就快出事了，我弟終於解釋了——是我媽的無線電話沒電，所以才會出現打通了的聲音卻一直沒人接的狀況，所以他通知我媽趕快充電了，但我若要打電話

過去，可能稍等一陣子再打比較好，讓電話至少充一陣子。

等我心安了下來之後，我弟捉住良机把我媽順便連同我罵了一頓——

早就和她提過醒，無線電話要記得放回去充電，結果她一天到晚唸我做事不用心，自己還不是一樣隨便！！！

还有妳！！！多虧了妳這樣一搞，我整个早上家人的電話接不完！还差点跑回家看，幸好媽人剛好在線上！！你不是也在上網，怎麼沒看到她在線上！？

我…我很久沒用MSN了……

為此，我还特別再把MSN開來用，結果因為太久沒用了，MSN居然自己把我的几个好友名單移除了，其中一个是我媽，因為後來还怎麼加都加不進來，晚上我弟回家後，又去處理我媽的電腦問題，不得不說，这次我弟真是躺著也中槍啊……
難怪先前对我的態度是那樣……

說來說去應該還是走向歐美模式比較可行——父母養孩子到他們成年(18歲)，小孩之後自己出去自立，父母則開始計畫他們自己的退休生活，這時彼此的經濟也開始各自獨立了，小孩不再回家卡油，父母用自己有的錢和退休金等安享晚年，偶爾和孩子孫子聚一聚聯絡感情，但想都沒想過要由孩子來回饋及供養自己，這真的是一個較符合現代生活型態的健康模式。

如果是這樣，其實我們也不用怕生或不生小孩，因為反正一開始就沒有小孩要回來照顧老年的自己的期待，也沒有該負責孩子的一生一世的壓力。所以我最早對我媽提出的問題根本就不是問題，我老的時候，本來就是要自己顧好自己的生活，有沒有生小孩都一樣。真奇怪我當初居然會無緣無故想到自己老了孤單！如果我老了孤單也是我的問題，一定是我沒有好好交朋友和培養自己的嗜好和興趣！沒有經營好自己的一生！怎麼可以去指望兒孫呢！還去指望一個連出世都還沒出世的子或女，這是何等可笑啊！

果真一代不如一代，我真是比我媽差多了！

逃不过

海王星系列之二

好吧，海王星要在射手的家庭宫14年，看来也不是每个射手都逃得过的，即使是幸運版的射手大王。

平常大王常把一些異物丟進馬桶去沖掉這件事已經被我舉牌很久了，但他何曾真的信仰過这种人生常識？剩菜丟入馬桶去沖也就算了，我最氣的總是他会把 廚房紙巾也丟進去！（遇水也不破的那种。）

我還討厭一件：大王總是把貓毛扔進馬桶！不是他隨地撿的少許貓毛，而是貓梳子上累積的大量貓毛。

終於，我們的馬桶在他夫人般的餵養方式下，又塞住了！而这次是塞在他

大王上完廁所之後。

不要过來!!!
不准看!!!
反正就是
塞住了,水
也沖不下去
!!

再在一次沖水的,
水就会整ㄍ從馬桶中
溢出來了～～!!

事実證明結婚十年老公也还是会含蓄的,
(我該把这看做是愛的證明嗎?……)
馬桶裡有他那不欲人知的黃金,所以,
破天荒地這次終於輪到大王自己通馬
桶!!

很久以前,我有
買过一种通馬
桶的工具

我們趕快
去買來用!

連續
彈簧般的
鋼圈,可以用轉的
伸入馬桶內去通整ㄍ
管道。

張女士,貓毛本來就應該可以
丟馬桶吧?不然是要怎樣?拿
來織毛衣嗎?……

從工具買回來之後，大王就一个人關在廁所內迎通迎叫，從他的叫声聽來，我覺得事情的進展並不如預期。

SHIT……有沒有小水瓢？？水要滿出來了!!!

沒有水瓢但有塑膠杯……

歐美的廁所和台灣的最大的不同處在，歐美的廁所地板上並沒有出水孔，所以萬一惡水溢出來，就只能用浴巾去吸水了，急忙中，大王接了我提供的塑膠杯，開始一杯一杯地從馬桶中提領，倒入浴缸!!! (对!浴缸!因為只有浴缸內还有出水孔。)

哎—哎—哎——我还是要感嘆一下海琪14年的加持……沒錯，通廁所的人這次是大王，但洗浴缸的人会是誰呢？

妳知道我舀了多少杯嗎!!!我手都軟了!!

你靠有记得!!我呢？!!

十四年，而現在只不过是剛開始……

通馬桶工具。
通完以後我也不知該怎麼清洗，結果就一直放在浴室內。

事實上這一款比較有用，用壓縮空氣彈打通。

苦難使人成長

我並沒有真的很相信星座命理那些啦,而是說,當一些衰小事發生在你身上時,如果剛好有個解釋,我覺得比較容易讓人釋懷。就像電視劇裡要是主角得了什麼不治之症或是被欺壓霸凌,不是都會在雨中奔跑順便 OS 問天『天啊!為什麼是我?!』這樣嗎?

所以有個解釋出來確實是會讓人比較容易接受,而且說是海王星造成的,總比說是我上輩子欠了誰五百萬更好。(是醬嗎?)

也不是說海王星進入家庭宮十四年都只有災難,我聽說,海王星也帶來家庭的澎派,比如家裡会因為某些因素而變美,重新裝潢甚或是買了新居入住都有可能。

其實是这14年我会變成星座專家吧?

我沒有要家裡變好變美的奢望,只要別再出事吾願已足啊……

不过海王星顯然不這麼想!

二月底之時,有個住在德州的好友突然說三月中左右要來西雅圖玩,雖然他並沒有要求來我家,但因為这已经是他第二次來西雅圖了,怎麼說我也覺得不招待人家來家裡怪怪的(第一次我就沒說他來,而是我們約出去外面吃飯。)

我的家,我已经不記得多久沒打掃了,除了說平常大王也不会帮忙掃之外,我更

氣的是他每次都要在我掃完房子後立刻不珍惜地製造髒亂，久了我們也不吵了，就是兩人都擺爛，順便培訓自己對各種惡劣的環境之生存力和抵抗力！

不過，這次是我的朋友要來，理當我自己要想辦法。

我真是個恐怖的主人，讓客人來我家煮飯還從白天煮到黑夜這樣……

海王屋我恨你……

其實髒亂我也不怕人家笑，但，至少馬桶不能那麼邋遢哥——

YA——告訴妳的朋友，我愛她！！！

幸運版的射手。

之前不是說過，大王會把剩菜那些毫無道理的東西倒入馬桶沖嗎？所以，我家的馬桶這些日子以來，卡了非常多奇怪的垢，任憑我用什麼刷子或清潔劑，都刷不掉！！

根本沒作用啊——

牙刷都登場了。

←菜瓜布

火大之下，憑著我多年DIY的資深經驗，我乾脆拿砂紙去磨，這一磨，發現砂紙还真是有用！！！

如果汙垢刷不掉，馬桶也只能換新了，如果反正都得買新的，用砂紙去磨又何妨？！

拚了！！

雖然砂紙有效，但，磨完家中三座馬桶也不是一件簡單的業績！花了一天磨光馬桶後的我，居然產生了一種奇異的成就感——

沃！

這麼艱辛的路我都走过了，剩下的整理房子其它地方，又算得了什麼呢！！！

这之後其實我又花了二、三天才把整个家都打掃完，而这一整个过程讓我事後回想起來有莫大的陰影！！！太累了啊！所以我立下決心，從此居家環境在平日就要好好地維持住，再也不要讓家裡又走到那种不可收拾的地步！海王星就這樣又贏了一回……

這一次的大掃除真的是有驚到我內心深處的靈魂，因為，從那次之後我就下定決心再也不要讓家裡再變得那麼髒亂，平常就要養成隨手收拾的好習慣，把乾淨整潔的環境好好地維持下去，絕對不可等到山崩了再派出搜救大隊那樣，耗費社會巨大的資源。

我驚到什麼程度可以由這一點證明：確實從那時候起一直到今天，我都還是維持著隨手收拾的習慣，緊緊地守住整潔的屋況，即使在趕稿的現在也沒鬆懈過。

其實，那是最近培養出來的新嗜好，起因是有一天我在撲浪上看到有人私撲分享了一個連結，連到奇摩知識網頁上有人問自己的乳頭會不會太大，還有附上照片。

我第一個感覺是「天啊！是不是有人一天到晚在看奇摩知識上別人的問題？要不然他們爲什麼總是能找到這麼精彩有料的發問！」，從那天開始，我一有空也會去奇摩知識逛一逛，我也很想「剛好」看到這麼勁爆的發問結果連續看了好幾個星期，根本就很難遇上真的很厲害的提問！我看到的總是世間情愛男女之愛與不愛的糾葛而已。

所以我至今還是充滿了疑問，究竟那些人是怎麼那麼厲害會發現那麼厲害的提問的？實話說，我至今也都還是有空就會去奇摩知識逛一逛……

我也忘了是一年前还两年前，我曾经看上过日本品牌 Hysteric Glamour 一系列的印字牛仔褲，但——

天殺的——

每件都要上萬以上的台幣啊～这不是我这种身份的人買得起的！！！

♪忘了吧——再想它又有什麼用～♪还是煩惱多～

← 配樂。

本來我確實是忘了，天涯何處無芳草？我絕對不是那麼死心眼会上奇摩知識去問煩惱心事的人——

不过今年 A&F 有一系列走学院風，他們有幾件牛仔褲因此有車縫了徽章似的東西，這，又讓我想起了門不当戶不对的舊愛，Hysteric Glamour……

雲霄飛車

心酸成這樣

但，一條牛仔
褲要上萬!?我
呸～～!!!

仔細回想，我一直覺得，
我的天份是環境造就出來的，世上有什
麼東西不能擁有？要與不要而已！双双手，
永遠是萬能的！

所以我自己剪了一ケ紙模，用家裡本來就
有的印布顏料，拿了一條至少三年舊的牛
仔褲，把它印出了我也說不上是有什麼意
義的字樣——

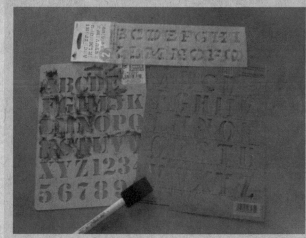

印字工具。

顏料和海綿。

只沒想到，這一印讓我陷入瘋狂！人生中年有了轉捩點，我一腳踏入印刷業！我有一件自己一直挺喜歡的棉紗衣服，多年來它得到的負評可多了！有人說它像壽衣，也有人說它是囚衣（古代囚犯穿的），人人無視於它配的是印花的綁帶這種細節，硬是要霸凌我的衣服……想到此，我雖沒有嘔出一口血來，卻了決定給它一个新生命，因為不知道要印什麼，（總不能乾脆印上囚！）所以我印了野玫瑰的第一段歌詞，還是德文原文的呢！——

衣服沒漫這樣數吧之地你也好意思穿出來?!

比起一件牛仔褲要賣上萬元，我有什麼好覺得可恥的？

越印越過癮後，我又去買了一組橡皮印章來印……

家有喜事

好一陣子以來，大王為了怕自己左肩痛復發，所以都改右側睡，右側睡就是朝著我睡。可是他睡相沒多好，右側睡就右側睡，但他總是放任自己雙臂橫跨大西洋，我常常覺得自己背部被東西凸著(他的手)。

有幾天早上醒來是更過分地發現他是半個人睡在我的枕頭上，把床分成三等份的話，他足足佔去2/3強。所以我就抗議了，畢竟睡眠是我的命，我也沒辦法忍受老是夢到背後被刺一刀那樣。

結果王並不想改變他自己，他的解決方式是：讓我們去買一張 KING SIZE 的床吧……

前一陣子連續好幾天我都沒睡好，倒也不是失眠，而是每天早上醒來都有落枕的感覺——

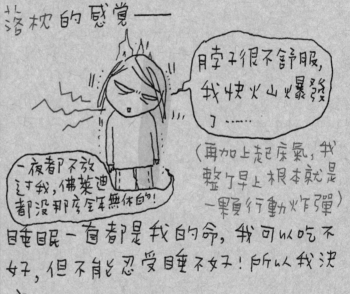

脖子很不舒服，我快火山爆發了……

一夜都不放過我，佛萊迪都沒那麼全年無休的！

(再加上起床氣，我整個早上根本就是一顆行動炸彈)

睡眠一直都是我的命，我可以吃不好，但不能忍受睡不好！所以我決定——

你被火了！明晚不用來上班了！！！

枕頭

一夜夫妻百日恩阿可——妳怎麼可以這樣喚走就走～～……

刻不容緩地我立刻買了个新枕頭，但怕大白天試睡睡太好，晚上又会睡不好，所以一直忍到当晚睡覺時間才正式和新歡進行臉貼臉……

好像有效喔……書又讀不到兩行睡意就來了……

个平常也是这樣好不好！入睡根本不是問題，問題是睡去後我的脖子是怎麼扭的。

但，就在我才剛入睡之時，我又被另一個狀況驚醒……

外面那是什麼声音!?你有没有聽到？

有……

但我覺得好像是在牆壁裡！会不会是老鼠？

偶棉也有聽到，
　　還守了兩天……

雖然我和大王意見常会不一樣，不过我們異中求同，一致認為是某种动物在挖地或挖牆，重点是，這个小動物挖了一整夜，一直到天亮了都还在挖!!!

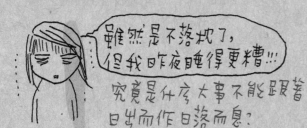

雖然是不落枕了，
但我昨夜睡得更糟!!!

究竟是什麼大事不能跟著
日出而作日落而息？

太陽出來後也看得比較清楚了，確實是
有不知名的动物，在臥房外的房外舺
板下不知在挖什麼！

側面図示

屋外
舺板(木頭地)

牆→

←門

我的臥房

床

房子之水泥地基

土地

小動物在這角落開挖。

其實，這動物是在土地和舺板之間做工
程的，我也沒真的有辦法看到牠，我只
能故意趁光天化日之時，跑到屋外舺板
上去大声走來走去，看看是否能把這一案
建設公司嚇走，結果是有靜了一晚，但
再隔一晚……

你有沒有
聽到怪
声……？

有……很像是
小宝宝生下來
了

我記得星座運勢好像也說过今年射手
有添丁之可望，只是我怎麼也料不到，哎，
是我們的臥房沒錯，只是，差了一牆之距…

傳說中的送子鳥，
牠叫做 宋布准……

男人 (真) 命苦

連續好一陣子沒睡好（有哪个新添了小宝儿的家庭的女主人会睡得好？雖然，小宝儿們在屋外，但实際真的也只有一牆之隔！），這也就算了，好几个晚上我勉強睡去，然後在半夜被宝儿吵醒，而醒來時卻發現，卧房裡只有我孤單一人……

我是那種會給另一半很大的信任的人，像那種知道另一半帳號密碼的，還把它當作愛的證明的，這對我來說算是匪夷所思，不過任何一件事都具一體兩面以上，我給出這種信任度也不能算是天下老公們的夢寐以求的好太太，因爲，一旦另一半讓我發現他辜負我的信任，就絕對沒有第二句話好說的了。

不囉唆，就是這樣。我也打算這樣繼續下去，因爲我實在受夠了處理多疑和猜忌——我並不是一開始就是那種能給信任的人，我之所以成爲今日之我，也是經過折磨和選擇的。

嗽……

人呢？……都上哪兒去了？？？……

難道宝儿是我一个人的？!!……

平常我是不太管大王的，但，不代表我就能接受夫妻之間冷淡得像室友而已，甚至比室友还不如！已經睡不好了，还發生这种狀況，一向直白的我哪有可能漠視？一定是要立刻叫大王解釋清楚的！

說！你是不是有小三了！！半夜不睡還在電腦前做什麼！？

拜託妳自己來看，我真的是在工作啊！最近真的忙死了！！！

要把那些小寶貝留給我一個人承受嗎？！

這個家我已經看不懂了！！

← 誰懂呢？……

睡不好加起床氣真的是可以把一個像我這樣的人變成天下霸主的！大王？！嘿，搞清楚，那是我願意讓你当王的！不然你以為我的心会野不过你嗎？一怒之下，我把床被搬到樓上睡，結果，真是睡了那一陣子以來最美好安穩的一覺，聽不到小寶貝們的嗷嗷声，自甘獨眠比被人遺忘的感覺不知好多少倍，当晚我还做了一个感覺蜜甜美的夢呢！

雖然内容不記得了。

所以如果我覺得老公行徑怪到讓我受不了了，我事實上都是直接問本人（省去猜測的功夫和折磨），當然，我也知道男人多半不會說實話，絕不是他說什麼我就信了，但，戀愛中的男女的那種神態和跡象是藏不住的嘛！我或許看不出他有沒有說謊，但如果他戀愛了，我絕對不會看不出來那種忍不住的喜悅。

我不會去查看老公的手機，但我會去看手機帳單（突然貴了起來就是有鬼），還有大王平常不注重穿著，如果突然注重起來也會是有鬼，出門和回家時間是否依然正常？更重要的，其實是我們兩自己的生活狀態，因為就算沒有小三，如果我兩對彼此長期意興闌珊，失去喜歡對方的心，淡漠得沒有一絲滋味，在我的認定裡這樣的婚姻也危險了，有無小三都一樣。

更離奇的是，早上睜開眼居然旁边有
一杯泡好的咖啡！

可憐的大王居然工作
到天亮！还掛心著我的
不滿和憤怒，幫我泡了咖啡再加
解釋才敢上床去睡！

其實我醒來後發現他居然工作到天
亮，已經有点相信他应該只是真的很
忙而已，並沒有在亂搞什麼……

不过，因為這一晚的睡眠狀況實在太
好了，說我有点不願再回主臥房睡覺……

真的說起來，人最大的敵人是自己，一段關係的變質絕對是從夫妻兩自己開始出問題，小三只是你不願面對真相的最好藉口，最佳卸責者。

在婚姻中，我事實上是個很寵老公的人，因為我知道我會受不了後悔——事情過了才在後悔當初怎麼不對他好一點的那種後悔，我總是寧願知道自己盡全力了，失敗就是沒有其他藉口和理由，不用去懊悔「早知道就怎樣怎樣」。沒有早知道，命運一直就是只有當時你決定怎麼做。

所以我分手可以分得很乾脆，沒有遺憾。而且也會很早就告訴另一半我是這樣的人，不要心存僥倖，也別以為賺到了，出來混的遲早要還。這一點上我不是心軟的人，我只會記得自己不欠你什麼。

路由器人走出來的。

碎碎唸一下

台北市的免費 WIFI 沒有很好用。我說的不是速度，考量它使用人口應該很多，速度不快可以諒解。我說的是，既然要免費提供了，怎麼還要一個不友善的手機認證程序？若不是我回台期間我媽借我她的手機用，不然憑我的國外手機號還真無法認證！那台北市開放 WIFI 的目的究竟是什麼？不是給觀光客用的就是了？那麼宣揚台北市是個無線都市不知意義何在……

另外去一些便利商店或咖啡連鎖店花錢買點數卡去上網，也是同樣的問題──要經過類似的手機認證程序，實話說我上次在台灣，覺得網路訊號很多是沒錯，但要實際連上網還真是困難！除非透過在地親朋好友的協助。

我家的Router（路由器）已經買了好几年了，它最早在我家的功用還並不是無線上網，而是因為 Cable 公司提供的机器只有一台電腦的插孔而已，而我家有兩台電腦要連接，所以才去買了 Router，当時，因為沒有人要用無線上網，所以我們也從來沒想過要去做Router 的設定，連个密碼都沒去設，幾年下來，雖然我改用筆電上網（無線），也一直懶得去設密碼（主要是鄰居間的距離也都蠻遠的，我不覺得有迫切需要，況且，其实該怎麼設定我実在也不清楚。直到有一天，我按照平日習慣打開筆電，竟發現它要連上我家的Router 还要求我輸入密碼！

見鬼了！！！～
我哪曾設过
什麼密碼！！！

我有提供免費有
線的溫暖……

你貓好好喔，
發張好貓卡給你……

接下來，我沒打任何密碼就按確定，它就開始說「密碼不正確」，而拒絕為我連接!!!

一定是你!!你什麼時候設定了我們家的Router，又不告訴我密碼!!!

什麼密碼?我也不會設Router啊可!

最近怎麼那麼衰……

不用多說了，重新買一台Router就是了!!

這种第一反应相当罕見，大王应該被列為保育類动物。

Router它根本沒有壞，因為用連接線和它連接上網並無任何問題，在無線方面，它也是有發出訊号的，只是我不知道那个神來一筆的密碼是什麼罷了!!

与其重買一台Router，我寧願多買一條連接線，便宜多了吧! 只是我越想越不甘心……

不会是有某个鄰居偷用了我家的Wifi，

用得很爽乾脆还去幫我設了密碼吧?

有这种可能性嗎?

还是說，他家Router型号和我的一樣，可是訊号搞不清哪个是誰的，所以他就錯設到

我家的 Router 了？？

一個朋友聽了我的抱怨後，給了我一个怎樣重設 Router 的教學連結，我看是看懂了，然而一到設定的頁面那裡，我又是一陣中年痴呆──那些要填數據的格子是要填幾号？？？為什麼它不乾脆自己電腦選号？我連我的 IP 是几号都不知道了，更何況它要填的格數遠遠多於四格！！！

難道做事要像大王那樣才是對的？？？

夫妻同心才有正常的世界……？？？

如夢一般的境界。→

然後我突然想起這世界有一个地方管很多，它就叫你管 (YouTube)，什麼莫名奇妙的教學在那裡都找得到，而且它也證明世界上閒人很多，什麼教學都有人分享，果然，我上去一搜輕易也就搜到了！原來那些數據格可以不用管它們、不用填，沒几分鐘，我終於設定好我家的 Router 了。

我的 Nook 好像壞了……

它沒辦法下載我的書，我要再買一台……

不是壞了，是我們家 wifi 有密碼了！！

至今我還是沒有很懂，為什麼電腦白癡的我會變成家族中專搞電腦問題的人？今年去荷蘭，瑪優說她的印表機沒辦法無線列印了 (以前可以，後來電腦卻再也找不到她的印表機)，她求助過大王，大王竟然叫她找我！(有沒有搞錯啊～～～～～怎麼會是我！)

我人沒有很差，我答應幫她看看 (我也不知道自己是憑什麼)，但一看到她的電腦我又立刻站起來說我沒辦法──是荷蘭文的電腦啊！光是要找控制台就不知道哪個字才是了！後來大王來幫忙翻譯，我們兩確實是如此合作把印表機找回來了，但實話說，我也不是太清楚發生了什麼事……

賞櫻

我有時候真是受不了我自己的想像，比如說，在我家還是坐月子中心時（註：現在小動物一家已經搬走了，我們從歐洲回來後就發現他們已經不在了），常常我躺在床上會想著：不知道年幼的寶寶們是怎樣上廁所的？應該就直接上在他們的窩旁吧？可是這樣累積幾天下來難道不會很臭嗎？他們的窩不會變得很髒嗎？這樣他們怎麼還能安住下去？我想這種問題有時候會想到很不安的境界，巴不得能送一個貓沙盒過去，解決他們也不知道有沒有的困擾。

幸好他們現在搬走了，我想大概真的是因為環境髒了，而寶寶們又比較大了，可以行走移位了吧...

我家的櫻花不約而同都是我和大王最喜歡的一棵樹，西雅圖向來暖得比較慢，兼之我家庭院又和西雅圖有時差，一直到這几天（四月快中了）它才開花……

> 不要出去賞櫻喔，免得被抓狂的媽n咬!!!

> 我昨晚有聽到小宝n們的媽n在叫叫，好像是有別的动物接近小宝n还是怎樣……

> 有道理，賞櫻太危險了……

自從有小動物在我家屋外生產以來，我和大王開过家庭会議，一致認為地球不是人類專有，我家庭院当然可以成為动物的做月子中心，反正宝

宝長大了，地們就会走，做人没必要那麼小氣而自私！所以不要説找人來捕殺這想法想都没想过，基本上，我們暫時放棄庭院讓母子安心休養、成長，都是没問題的。

也不用把自己想得那麼好，説實話，我們倆也是懶得去照顧那个庭院……

可不是嗎？他們一家給了我們藉口，可以不用去整理院子！

自己記功不是因為大愛，而是因為誠實！

cherry tree 總和誠實有關？

話雖如此，然而大家也知道，櫻花盛開之花季其實不長，若不趁机多賞，没多久花就会開始紛飛飄落了！我以往还会出去剪一小枝來插花瓶呢，現在只要想到一出去就可能是生死鬥，我再癢也没那个勇氣挑戰母愛的偉大。

既然如此，就還是拍一張吧......
今年只可遠觀的櫻花

幾年前我就說过要去植牙，連金主都找好了（那还会有誰，当然是大王），但結果一直都沒植，主要是——

←牙醫．

要先補骨粉，這要花去X个月，X月之後如果狀況良好，就可以植入人工牙根，然後还要再等X个月看牙根是否

目瞪口呆

並不是所有的植牙都一定得補骨粉的，要看個人骨質流失的狀況而定，骨質沒怎麼流失的人，當然可以省去這一個冗長耗時的步驟。
可是相對的，如果骨質流失又硬不要補骨，那植牙就可能面臨未來的失敗。

你的意思總之是説，植一顆牙得花去至少半年？？？那这半年我要怎麽面对世人？

関於这个問題个看在牙医眼中当然一点都不是什麽問題！！！可是对一个患者而言，实在是个漫長的过程啊！

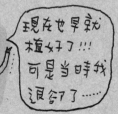

不过話又説回來，如果当時我立刻就照著流程走，

現在也早就植好了！！！可是当時我退缩了……

当然話也不是完全這樣説，如果我的記憶無誤，当時更大的退卻關鍵是：那阶牙医还想拔我更多的牙！我覺得這半年(或甚至更久)一下子少了那麼多牙實在讓我完全不安心！！！

誰知道他是不是要拔好玩的？？？但这可是我的人生啊！！！

不少美國的餐廳不只有提供兒童餐，還都有老人的菜單選區，我覺得這在美國又是另一項挺人道貼心的安排，我現在太了解牙齒不好的人吃東西的限制了，我很感謝美國人想得如此周到，只不過，他們通常也不太讓我點老人餐就是了……

你還是可以微笑，你前面有牙……

好不用擔心呀，你前面的牙齒看来都沒問題，而且，就算我們拔掉你左边几顆牙，你也还是能靠右边吃飯的……

講成這樣会

不擔心 才怪！！

總之，這麼一蹉跎，時間就过去了。終於又來到我得面对問題的一刻，但老問題也一樣再次回來——我怎能面对半年(或以上)沒牙齒的時光？

我在網路上爬了一堆文，終於讓我找到一个超級方案——

我要去拉斯維加斯植牙!!!

这是哪来的天外一筆

美國之友瑪琳達 ↓

Miao!!!為什麼妳做的事總是那麼誇張!!!

連我美國人也看不懂!!!

有一个台裔美國牙医陳医師,他發明了陳氏五合一的一种植牙技術,從拔牙到補骨到植入人工牙根都在同一个手術中完成,而且幸運地,他的總部就在美國!我当然不能錯过!

但,在这行程之前,我們得先去歐洲,歐洲之行是大王早就排好了,不能改期,又不过我没料到,这趟歐洲行会給我帶來那麼大的光況……

陳氏五合一的植牙手術聽起來真的是很不可思議,我先是花了很多時間說服大王去看陳醫師的網站了解狀況,大王才終於覺得可以相信。然後我也告訴我西雅圖的牙醫這個計畫,他聽了也是不安之情全寫在臉上,一直娓娓地告誡我說植牙不可圖快,號稱快速往往都是騙人的,都是日後會出大問題的,我也請我的牙醫去看看陳醫師的網站,但是他顯然興趣缺缺。

這件事同時驚動我台灣全家,我媽一直告誡我,真齒能留多少就要繼續留,不要太衝動,我姐還轉了一個中藥固齒神方來給我──後來我全家都在使用這個中藥刷牙粉。

就連牙齒一向勇健的大王也開始隨著我看牙醫,可以說,我週遭的人都因我的教訓而開始十分注意他們的牙,我想我的犧牲也沒白費,我的狀況已經來不及救了,但真的希望身旁的親友們都不要受我那種苦,都能好好享受人生最基本的「吃」的樂趣。快樂人生留給你們,拉斯維加斯我去就好……

悔 悔 悔 悔 悔 悔

早在要去歐洲之前，我就有一顆牙又出了問題，但因為那時拉斯維加斯的誇張計畫已經成形，我並不想在西雅圖的牙醫處多浪費掉我有限的健保額度（我們這裡的健保和台灣不同），所以我一直抱持著想把那顆牙自己拔下來的決心，甚至到了出國那一天早上都還在拔，這其實是很糟糕的一舉，但，我當時並不知道……（牙齒並沒有被我拔下。）

所以在飛机上自我的牙齒就開始腫痛起來，甚至到達吃東西都很困難的地步……

我要實話實說，這個人罵歸罵，但其實對我很照顧，他有想要在歐洲幫我找牙醫看，是我自己不要的。這一整個行程讓我體會到大王是個多可靠的人，並不是像我以前想的，生病也不能靠他，我以前把他想得太壞了！我錯了。

早就勸過妳，出國前要去牙醫那把牙齒拔了！看你現在怎麼辦！？

別再罵了，我也很後悔……

尤其我們只在荷蘭停留了一天，就立刻帶著孩子們直奔我公公的小島，那裡，別說有牙醫了，其實連 wifi（網路訊號）都沒有，島上甚至沒一輛車！

而且這一次我們抵島的速度是有史以來最快的——直接從阿姆斯特丹（荷）机場搭机到卑爾根（挪），在卑爾根机場附近搭上渡輪到達某个大島，然後我公公的船就在那裡接我們直接去小島了，中間接得簡直天衣無縫，除了聽說我公公的島上鄰居是个護士之外，我們完全沒机会見到藥房之類的⋯⋯

自然我會想到，這些住在島上的居民萬一真的有急病或意外，那該怎麼辦？多數的小島都沒醫院或診所，多數的居民也是上了年紀的人，只要是上了年紀，隨時會怎樣都很難說。

好巧不巧這次就看到一輛「救護船」，它的作用和陸上的救護車是一樣的，若有居民突然發生意外或病痛，就打求救電話叫救護船來。

但我爸爸說，護士鄰居現在不在家喔⋯

別擔心，我會沒事的⋯

話雖如此，但狀況其實又沒那麼樂觀，因為，我連續好幾天都在內心祈求觀世音菩薩垂憐⋯⋯

出海的日子。

大家都冷翻了……（我們每次都有穿救生衣，只是不知道這張爲什麼剛好沒穿。）

出海不只是冷而已，其實從公公的小屋要走到水邊停船處還相當不近，尤其是坡路上上下下的，平時沒事走起來是健身，尿急時真的是很殺人的一條漫漫長路！我兩次來到小島都遇上出完海立刻想小便的處境（冷會使人多尿），男生多數很簡單，找個沒人看到的角落就可以卸下一身的負擔，女生則要想盡辦法高速競走回到小屋，不只是我而已，瑪優上次來我們兩也一起競走過一次，她還贏了，走得超快而且還突然間都不會迷路，都發揮人類最大的記憶力，一次就找到對的路（實在沒時間去浪費在迷路上啊，尿不等人的），我試過，沒有尿急時真的認路天份整個差很多，不但會轉錯彎還會鬼打牆，但尿力一來真是天下無敵的超級記憶。

这兩人

出海，其實很冷！好在這次的小島渡假主角是兩个孩子，我又不舒服在身，第二天就隨便找了个理由留在屋內休息，我幾乎敢斷言，宅男愛伝非常羡慕！

当大人的好處就是這樣啊呵々……

我不用出海……

心靈交流。

好好喔—喵 可以不用去

可是呢，愛伝也不是省油的燈，再隔日早上，他就把自己摔得腳踝扭傷…

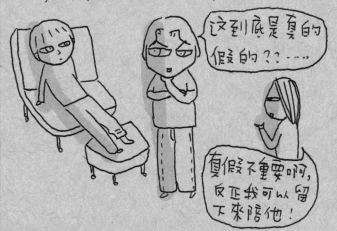

这到底是真的假的??……

真假不重要啊，反正我可以留下來陪他！

其實大王不是擔心愛伝假裝腳傷不出海，而是擔心萬一他真的扭傷了，是否該趕快送去「陸地」就醫？可惜小孩永遠不懂大人的憂心，愛伝既不吐實，但又沒表現出特別疼痛，大王只好把他留給我，其他人又全部出海去了。

結果我們「逃課」的兩人做了什麼呢？什麼也沒做——！我們各自睡了一个長長的午覺!!! 当其他人都在海上受凍捕魚之時!!

我公公的島上小木屋旁又有一間小小木屋，我一直不知道那是做什麼用的，直到又隔日答案揭曉了，原來那是「停車庫」! 那裡停了一輛時速剛好和人走路一樣慢的馬達小車!

小屋有兩間客房，大小差不多格局也大致一樣，床也挺小的，下層床比一般的雙人床還要再窄一些，我兒子們睡另外一間，他們兩是上下舖各自睡的，可是我和大王卻是一同擠在這床的下舖！其實我也不知道為什麼我們感情要這麼好……

↑小屋旁的停車庫和車。

托比當然也可以搭
→

我公公

你可以不用出海，但我可以載你到水边木屋，你知喵在那裡等我們……

為什麼???為什麼我非要去吹海風不可……??

愛伝

在家等不行嗎……?

僅管如此，愛伝也沒就此放棄腳傷的點子，因此，要離島回陸的那一天，島上居民因為有人家要運羊而從本土弄了一輛兩噸車來，我公公還去拜託那戶人家來載我們一程……

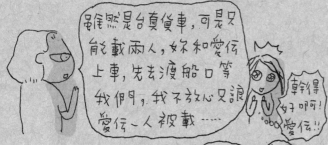

> 雖然是台貨車，可是只能載兩人，妳和愛伝上車，先去渡船口等我們，我不放心只讓愛伝一人被載……

> 幹得好啊！愛伝!!

> 沒什麼啦……

結果，愛伝演了好幾天的腳傷，卻在最後一刻漏了餡——在匆忙中，他健步如飛奔向貨車!!! 把我公公嚇了一跳，所以匆忙間，我公公也跟著上了貨車，我們猜，他這該是要第一時間試圖向車主解釋、圓謊。畢竟，車主當天也要離島回本土，所以他可是載了愛伝去渡輪口後又要開車回去放，再自己從自家步行到渡輪口的！

> 愛伝，等一天你無論如何都要繼續裝腳痛，知道嗎!?

> 是……

> 公公

結果那个車主連著兩班渡輪都和我們同船，我覺得他也一直充滿懷疑地**全程**盯著我們看……

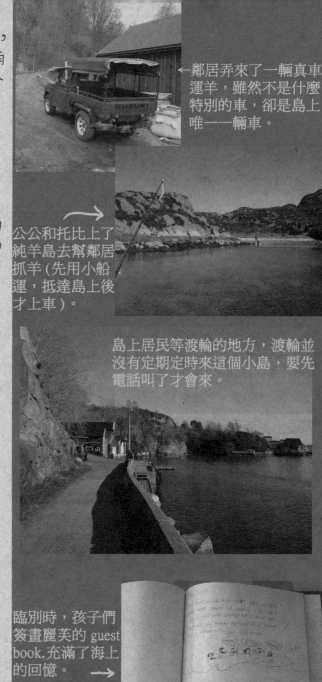

←鄰居弄來了一輛真車運羊，雖然不是什麼特別的車，卻是島上唯一一輛車。

→公公和托比上了純羊島去幫鄰居抓羊（先用小船運，抵達島上後才上車）。

島上居民等渡輪的地方，渡輪並沒有定時定期來這個小島，要先電話叫了才會來。

臨別時，孩子們簽畫麗芙的 guest book.充滿了海上的回憶。→

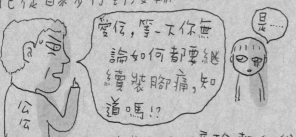

捕魚

龍蝦

蟹

(我居然都有在場 !?.....)

海鮮大餐

這次來到挪威的小島為什麼頻頻出海呢？原因是，上次我們來的時候有个「貴客」發表了感言…

我們不是有捕到魚？為什麼沒有一餐吃到鮮魚？

瑪优

說的也是，沒吃到鮮魚耶……

註：瑪优現在比較好了，而且這次她也沒再跟团來。

所以大王後來向我公公反应，我公公於是立志這回要帶著孩子們捉到魚並煮鮮魚湯。

鮮魚对我們來說沒什麼，所以上次沒有煮給你們吃，這次讓我們好好地來捕些好魚吧!!!

耶

公公

……

（其實我反而覺得這次更苦到孩子，雖然孩子們確實也有學到釣魚那些的，但頻々出海實在太冷了……）

喔人

居然捕到龍蝦！這种時節規定要放走，不能捉

算了，孩子難得來一趟，还是拿了吧！

冷

冷

公公

好！再往下一ケ處去！！！

我們一家人連主連客，總芝有四ケ大人兩ケ小孩，通常也不是捕一兩條魚就能餵飽全家的，因此，才会不斷地要在海上奔波，嚴格說來也不是釣魚，而是放餌、放籠子，到處放之後，稍晚再回來收成。有時甚至是隔天再回去收。

還是靜態的宅生活我懷念多一些……

← 要不就是搭船去另一個大很多的島，買麵包兼喝下午茶也不錯……

除此之外，海釣也有，但一旦使用釣桿，待在海上等待魚上釣的時間也愈長，相对也会吹更久的海風，其实復的不算是很休閒的活动，除非你很習慣了海島生活。

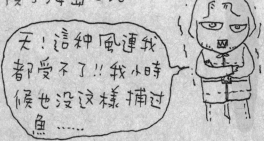

天！這种風連我都受不了!!我小時候也没这樣捕过魚……

後來我們收穫頗豐，除了几條鮮魚和龍蝦外，也捕到螃蟹，当晚不但有鮮魚湯还連螃蟹龍蝦都全煮了，結果——

爸~……我們可不可以不要吃螃蟹和龍蝦？

不好吃……

← 还都去殼去好了。

那A安呐!?……○○○

通常結局不都是這樣…

噹啷！──海鮮濃湯。

（抱歉，麗芙的手藝太好，等我想到要拍時已經飯後杯盤狼藉，這是唯一記得要拍的一張。）

寫在 *11* 週年之前

最近又經常聽到一句勸情傷者的話
—— 他失去的,是一个愛他的人;妳失去
的,只是一个不愛妳的人。

乍聽之下明人很有道理,可是不知為什
麼我直覺起了這樣的反應:

海小英雄在荷蘭都有真人版的 DVD
,不過大王還是不知道有小威這號
物⋯⋯

他的損失沒
那麼大吧?

他應該很高兴
終於失去一个
以愛之名給
壓力的人⋯⋯

愛呵愛,千萬別說你看破
它了,也千萬別以為,那只是年輕人的事!
因為,到我活到了中年,在結婚超过十
年後,我才又發現,愛,真是令人吃驚的
事,完全超乎想像! 人到中年也还是
不見得会愛、不見得知道愛!
〈我沒寫錯而你也沒看錯。〉

我對此生「唯一」也懷疑
⋯⋯⋯

並不是說要花心還是怎樣
，但，世界上的人兒這樣
多，哪有真的誰和誰是註
定的，是唯一適合的？我
就是長不出那種死心眼，
我相信適合我的不可能只
有一位，適合大王的也不
是只有我一個，只能說，
要碰到剛好適合而又彼此
相愛的很難很難，機率不
高，但絕非唯一 ⋯⋯⋯

我一直是ㄍ有很多缺點的人，說到感情
這一塊我則必須誠實地說，我一直不
知道一ㄍ人怎麼有辦法愛另一ㄍ人一生一
世（除了自己的父母或子女之外），不管我
承不承認，事實就是我一直是ㄍ無法
專情太久的人，我記憶中，以前也沒
和誰交往超過三年（卻不代表永遠是
我甩人，其實有一半是人家甩我），我相
信愛情，但我對一生一世永遠懷疑！

這樣的我也曾想过，大概只有那种超級不乏味、博学多変的人，才有一生一世的可能吧？（还不能長太醜）

但我自己又算那根蔥？真有這种人也不会愛上我，我也配不上人家……

這，我不是不明白的，我还没有自我感觉良好到失常的地步！

和大王結婚的最開始兩年，我一直做好被甩的準備，因為大王幾乎符合我心中所有的理想，而這樣的人居然也会要我，我怎能認定這种好運可以永遠天長地久？更重要的，其实蜜月期过了之後，我就能感覺他似乎有些倦怠了，甚至还经常把他自己当單身來生活……

我作風乾脆……

我好了也算情場老手，我知道發生什麼事了！我不想阻礙你的快樂，要離

就快離一離吧！！

發生了什麼事！？

寫在11週年之前

如果要靠自己，大概會有人想問我，那樣幹麻結婚？

在我的想法裡結婚還是相伴，但不是相絆，我喜歡有人相伴所以我結婚。或許不結婚也可以相伴？可是就是因為人人不一樣，所以我還是覺得「要簽約比較好」，大家以後不伴了可以解約，但簽約還是勝過口頭隨便說一說的誠意。

而且「你以為」和「我以為」往往出入很大，所以還是讓我們簽約共同遵守同一個不是你我各自以為的公規，省得以後為誰的規章較對而爭破頭。

那一次，我不太清楚大王為什麼还是選擇了我，並且此後真的把自己升格為「人夫」來过活。其实我很訝異，這和我过去的情感經驗不同，但同時我也調整了自己的心態──

我在情感上一定要獨立起來!!

我快樂就全家快樂──

不要以為誰可以相依相靠!

人最終还是要靠自己才不会倒!

没啥好驚的!

反而我在此時，只把大王当成一个「相伴一段」的伴侶来看，我們依然吵吵鬧鬧，但我不再認為失去誰我就会活不下去，最終，我想 我会準備好「感謝」在那裡等著。

没想到往後數年反而都没什麼事，

沒事到，我也以為換我厭倦了……
十一年婚姻，我想對多數夫妻來說，感情
（或至少感覺）沒了是自然，對我這个人來說
這早就是不可思議的生平第一回！

真沒想到，我可以和一个人在一起這麼久!!!

你是第一个，早破記錄了！

女好也破我的記錄了！真久啊～

是的，在中年的現在，我也確實有過我
的倦怠期，然而你若要問我實話，我
会說，倦怠期之後我驚訝地發現我
對 這个 还没膩，甚至还因為某些小
事又一點一滴對這个人重新又有了新一
波的興趣，射手的我連別人都不想
騙就更別說騙自己了，十一年結婚
紀念日之前，我想說，我真是愛大王！
我肯定他是我這一生中最佳（可能以
後要再找也找不到了）的伴侶，然而，
故事还没完……

前兩天，為了找大王瘦竹竿的樣子我去翻大王的舊照片，那些舊照我多半沒見過，並不是大王不准我看，是我自己不想看，因為裡面有大王歷年來的女友、過去的生活點滴，我以前不看除了怕介意之外，另也覺得誰沒有過去？而過去就是過去了，沒啥好追究。

現在看了才發現，哇！我自以為已經很了解的大王，原來還有那麼多我沒見過的面貌！又對此人多了很多新鮮感！我甚至看了他和瑪優熱戀期的照片，原來他們是能大方地在親人面前接吻的，這是我和大王從來不會做的，原來一個人和不同的人在一起，確實也會有不同的習慣和作為。我想的是這些，倒沒真的忌妒，若真的要說的話，幫人感傷還勝過忌妒之心，他們是怎麼從那樣閃亮走到了分手……
但是幫人感傷也是無意義，馬上另一個感覺升起，那就是，大王真的有尊重我不願意在人前親親我我的習慣，我們有屬於我們兩的相處模式，並不是歷屆都是同個樣的，可見他確實也有在尊重女方的好惡。

对於自己真的這么喜欢的人，我希望他快樂，他的快樂才是我真的想給他的東西！

大王对我很好，然而我至今还是時々在告戒自己——不要安住。他的好、他的照顧我可以接受，卻不該（永不該）認定是应該的！

這八九年來，我没再查过一次大王的电腦或手机，不是我不怕小三，只是，如果有一天，有人要用「他失去的是一个愛他的人」这种話來安慰我，我希望自己名副其實！

這幾年來，大王已经給我太多了！

所以我真心希望，他是快樂又幸福的！

他是个很棒的人，他值得這一切！

（当然我也很棒……）

十年，這种愛，我很驕傲！当然我也还想看20年、30年愛又是怎樣的風采和光景，但人还是別太貪心，我的婚姻完全不是墳墓，对我這种人來說，早就太幸運了啊！（老公，愛你嗽！十一年快樂！）

更可見，一個人的樣子並不是真的沒有改變的空間，你的前男友對你像下人般地使喚，卻能把他下一個女朋友當太后來寵，把妳氣得連來世都想借來報仇，但，有時候，或許我們真的該問問自己是否愛對了方法？是否是我們自己讓對方認為他可以那樣對待我們？

當然也有可能，我們就是遇到不適合的人，就那麼簡單而已，因為如果你用同樣的方法去愛兩個個性不同的人，你也會發現他們各自的反應和回饋是不同的，有人知道要更加珍惜妳，有人只會騎到妳頭上去。我吃炒飯喜歡用湯匙，吃漢堡喜歡直接用手拿來啃，吃沙拉事實上愛用筷子，我們自己對待不同的食物都不見得會永遠用同一種餐具，更何況是對不同的人？想要得到別人怎麼樣的對待，確實是有操之在己的空間，不全然你的另一半就只能是那個死樣子而已。

和周公約看電影

我曾經和我的朋友私下討論過歐洲，我認為其實荷蘭是個很人工的國家，優點是他們的環境真的常常給人一種整齊可愛感，缺點是人工痕跡有點過多。歐洲各地都有古蹟或歷史悠久的建築，但我總覺得荷蘭的又往往比別的國家「更整齊」一些，比如德國街上也有那種已經傾斜又規定不能動的歷史建物，他們的建物看起來就沒有荷蘭那種「好似哪裡偷偷修過」的感覺。荷蘭的確實經常給我這種感覺，雖然我也沒證據證明。

只能說另外一點，荷蘭人很喜歡綁正在成長的樹，把那些枝幹固定成他們希望植物長成的樣子（長成後，支架會拆掉），這是一例：

說出來實在讓人難以置信，我在美國住了這麼多年，卻沒去電影院看過一次電影，反而在荷蘭看了好幾次電影！雖然，每次結果都是——

醒醒，電影演完了，要回去了……

因為根本聽不懂荷蘭話，電影又完全沒英文字幕，所以總是會睡著。

即便是如此，我也是不懂為什麼每次去看電影我還是會被拉著一起去，而我也真是好相處，每次都會去！

從挪威回到荷蘭後，我們做的第一件事又是和兒子們去看電影。

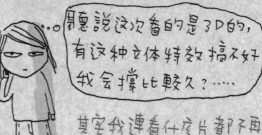

…聽說这次看的是3D的，有这种立体特效搞不好我会撐比較久？……

其实我連看什麼片都不再問了，知道了似乎也没多大意義……反正又是去睡覺……

這一次的旅行我居然幾乎全程都戴著鏡框眼鏡（以前都是隱形眼鏡的），因為我感到老花日益的威力，戴著近視隱形眼鏡已經變得很難閱讀餐廳裡的菜單。

所以去看電影時，我和大王都是把3D眼鏡再架在鏡框眼鏡上的，也就是一次戴兩個眼鏡，全程一直不斷滑落，真讓我覺得3D眼鏡不是個好設計。

果然前幾天在讀某個設計的部落格，就看到有人用3D眼鏡貼片取代3D眼鏡，它就是變成兩張貼紙可以貼在你原本的眼鏡鏡片上，直接讓你的眼鏡變身成有3D的效果，看完電影後直接把貼紙撕掉就又是一條好漢。

結果電影一開演，我赫然發現它居然講英文！是 The Avengers (復仇者聯盟)！原英文發音＋荷文字幕！

3D眼鏡 →

啊──

我兒子們長大了，居然能体諒繼母的処境！！

↑没这回事，純粋只是該片熱門。

揷播花絮

聽說 The Avengers 在荷蘭要滿12歲才能看，电影院外有別的小朋友和爸妈聊起來，

你要看The Avenger?!你打算怎麼進去?!

这什麼問題???

就從入口進去啊！

再一个多月才滿12歲。

不然咧?

看了這麼多次電影，好不容易第一次遇上說英文的，我這該要很興奮才是，更何況這部是動作片，還有聲光效果!!可是不知怎麼地，我上半場居然還是睡著了!!!

醒醒醒，中場休息時間了......

荷蘭電影院通常會有一段中場10-15分左右的休息時間。

這中場休息時間除了上廁所之外，往往能看到孩子們趕快去買更多零食，父母們趕快出去哈一根(歐洲的吸煙者還是比美國多很多)。

還好下半場故事比較緊張，我終於沒再睡去，總算是第一次為台灣人扳回一點面子......

妳這种作風關台灣人什麼事!?

牢騷

不要亂說

吼～

我隨時都在生氣一讓我來!!

我們這兩個小孩平常還是講荷蘭話，不過聽瑪優說，我們大人之間用英文的交談他們多半都已經聽得懂了，所以也等於我現在說什麼他們已經聽得懂了。我好怕喔～怕自己亂講話，也怕有時忍不住對他們的爸爸發脾氣，他們會內心矮油一下......

台灣時光

農曆年回台假期後，雖然當時曾一度對大王不太滿（因為他每天都給我睡到近中午我們才能出門去和我家人碰面），可是如今再回想起來，覺得大王也有不少值得詫異之處，比如來台第二天早上，他就自己一个人要出去買「起床咖啡」（我倆每早都要喝一杯才能清醒）。

少數的合照，謝謝姊夫拍攝。

你確定你一个人去不会有問題???
店員通常英文不太好喔……

那值得擔憂嗎？就兩杯咖啡会很難嗎？搶也要搶到……

不然我自己操作机器……
我自己泡……

不愧是王來著。

还有，你知道我家楼下大門的鑰匙是哪一把，或电鈴要按哪一粒嗎???

表面上我好像很不放心，但事實上我当時心中是想著：

女良威～

←剛剛起床.

我這个住處
風水也太
好了啊!!!

記憶中，住在那裡的日子以來，几乎全是身邊人在跑腿買吃的回來，現在居然連挪威人也不例外嗎？而且才住了一晚而己耶，效果居然如此立現!!!我应該回台定居的!!!……

結果大王不但咖啡買对了，他甚至还買了早餐回來!!

雖然又是波蘿麵包之類的.

你有沒有考慮要和我一起住台湾？……

沒有，我真的是半搶才買到对的，我猜就算我講挪威話，效果也是一樣的……

每次如果大王和我一起回台灣，我總是會顧及他的口味，也帶他去吃一些台灣的歐洲餐廳，我姊就推薦我藝術學院裡的一家德國餐廳（個人覺得腰瘦貴啊啊啊），所以有一天我也帶大王去那裡吃晚飯。其實我心裡是在想，最好大王你是不要給這家餐廳按讚，要不然我以後的荷包還得了！

當天其實大王是覺得腰瘦貴還不錯，但幸好隔天我又聽我姊的話帶他去水鳥公園吃飯，他覺得水鳥公園是更好，真是讓我鬆了一大口氣！至少比起來，水鳥有便宜一些，經得起再來一次。

不過事後我越想越不對，我姊的品味也太高級了吧？怎麼老是推薦我去那麼好的餐廳啊！……

僅管如此，我还是真的不得不說，大王真的很喜欢自己一个人去台灣的便利超商！

吃飽了，我去買咖啡，我要集点拿玩具。

↑
連集点都迅速進入狀況！

這是我媽家耶，不是我家那个便利商店喔，这边的人可没那麼多閒工夫和你比手話腳……

（台北市区比較繁忙）

果然，這次回來雖有買到咖啡，卻也被給了一堆不需要的贈品（米糖和奶精），台灣人真是好客。

其实我並不喜欢高度能力自主的感覺

去買東西至少还讓我覺得我在里也还有点路用……

这可真是……蛮奇怪的思維啊……我就不在意自己当米蟲！

圓山飯店的自助餐大王也很喜歡
他吃到我有點側目的狀態。
（又是我姊帶我們來的。）

西雅圖 妙記

西雅圖妙記一寫就寫了好多年，就如同我離鄉轉眼也過十年了：前幾天，大王突然和我說，我們現在住的房子是他有史以來住最久的一間：

真的还假的!? 你的童年呢? 難道都沒久留在一處过??

是有在某个同樣的城市住过好一陣子啊，但，也沒比西雅圖久，至於房子，那就更短了，住一住總会搬家，就算沒搬離那个城市……

外國人，多數在上大学就離家自立了，從此回家也都是短暫停留而已，畢業後有了工作就更是不可能回家了，爸媽也沒預期你要回來，甚至你的房間可能

早被他們拿去当倉庫用了.

大王也同樣預期二个兒子在高中畢業之後就要奔向他們自己的人生。还有，他其實对我弟〃那麼大了还住家裡（指和我媽住）一直感到極大的不可思議！

我們東計的伝統完全不是这樣啊!!! 事實上，我弟和我媽住才讓我安心！家裡老母有人照顧!!!

說起來，在我家我已経算是一个相当無情的人了 —— 対父母的老年完全沒盡到一絲為人子女的義務，可是至少逢年过節我都沒忘記回饋一点金錢給媽〃，但，我知道大王從來沒有我們所謂的「拿錢回家」，在他們的世界中沒有這回事！年老的父母都是自己靠自己的，甚至还要不時給孩子一些禮物！

不过，我想談的並不是孝順什麼的，而是这些年來，我非常輕易就能在自己身上看到的「哀傷」！

正因為成年離家對西方人來説是天経地義，所以他個骨子裡根本就不会覺得到另一ケ國度居住、離開父母，這些事有什麼好傷感的！

可是這對我來説卻一直是。儘管我在台灣社会已経算是ケ無情的人。

我体会到，在本質裡我和大王是多麼一開始就不同！那些我会感傷的事，根本在他眼中就是一開始就不会發生！不可能想到世上有这种事。

同樣的，在我多少也会為年老無依憂心之時，这种問題也從未入过大王腦袋一次，因為他們的系統裡一開始就是人老了要靠自己，不是靠孩子。

在先天上，我憂的東西從一開始就不曾存在过大王的世界，而至今我会為老媽擔心這掛心那，这种愁惱大王也完全没想过。

説到底，我还是來自於東方啊

这种思維難以根除！就算要根除，也並不自然⋯

我，比較不容易無憂，和他比起來⋯⋯

偏，我的人生目標一直是「快樂」、「無憂」。
再一次，在西方世界眼中應該是很正常
的我的思維和人生，在東方社會我卻一
直認為「我的任性」其實是靠家人成全，
也因為知道他們成全了，我內心又不
免認為欠下一恩……

我一直沒發現，其實長久以來，異國婚
姻、國外的生活也給我很大的衝擊
和糾結，表面的文化之不同、語言的困
境，那些根本不算什麼，甚至都能拿來
當笑話談。可是實質上，我對自己該
變成一個什麼樣的面貌，恐怕依然
六神無主！

然後轉眼
十年已過……

所幸！人生是用來經驗、經歷的！！！
就算我有我許多的感受或綿延不絕
牽絲多年的無解憂愁，我還是並不覺得
這些年浪費掉了，並沒有！它其實就是

経歷自身。

我並不需要大喊不公平，為什麼大王天生憂慮就比較少，我要的是知道人生（包括他人的）有很多不同的面貌和不同的思考方式。所以不要執著什麼才是正確的。

有時我也会偷偷做這樣的「假設」，那些我会煩惱傷心的事，如果放在大王身上，他会不会煩惱傷心？

好幾次, 我確實是覺得自己快可以列為「天生憂鬱」了!

可是, 不能否認的, 我很感謝人生有這樣一個机会讓我体会到, 很多事不該那麼絕对。很多苦惱, 其實也即刻可以放下。

我在西雅图的人生真正獲得的是這些, 而且我感謝大王並非美國人, 因為, 如果他是美國人, 我說不定就会偏激地認為他生活在自己的國家, 当然会覺得萬事ok! 我感謝人生有這樣一段西雅图。

还有——

其實這次久以來, 我也沒真正了解我那兩个兒子在說什麼, 畢竟他們也才剛開始学英文, 我荷蘭話又沒真的很好……

但我还是覺得感情並不受語言限和時空制啊! 不是嗎!? 愛就算不圓滿也还是一點不假!

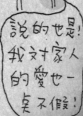

說的也是! 我对家人的愛也一點不假!

金星逆行

前一陣子我一連寫了好几篇和星相相關的主題，相信大家对我村姑的实力应該不陌生，有朝一日应該也預計我会去觀落陰之類的吧？

相信我，我不会去的…

因為……我怕鬼，我也怕看到異象!!!

所以我还是只讓自己停留在普羅大眾的層級而已，並没有深造的慾望。不过最近…，聽說金星要逆行了！金星逆行期間，聽說不要整容，可以的話，甚至最好別在这段時間乱換髮型。因為金星掌管愛与美的事物，当它逆行時，小心整容失敗!!!

這訊息其實很困擾我！

做稿的此刻，我只能說我之前的日子恐怕真的是有陰暗吧？怎麼會去相信這些！(現在勇了就又這樣)

如果有時光機，我要回去掄自己的頭去撞西雅圖針塔。

当然這种困擾提也不敢和大王提，說實在的，什麼時候去植牙進度還該控制在我，大王是ケ钝人兼懶人，他没事也不会想到要催我快去進行，我真的想要拖到金星逆行結束也不是不行，就誕我苟且地拖著吧……

可是，我真的很好奇，金星逆行真的有那麼大的影響嗎？还是根本我自己就小題大作了？我还真想知道，这段期間若真的去剪頭髮或做臉，是会有什麼下場？？

老天彷彿是聽到我的疑問了──

喂～

我和美髮師約要剪頭髮，这次妳剪不剪？

我不剪──但你一定要去剪喔!!!你和人家約了千萬別放鳥喔──

←什麼秘密只有我知和你们知，大王完全不知！

我期待著一週後看大王剪髮後的模樣……（壞心的太太啊…）

大王剪完頭髮了，完全是在金星逆行的時間剪的，那天他下班我只想說好可愛，又年輕又淘氣那樣，絕對比剪之前好看。
就是因為他默默地當了實驗品（他本人至今不知道我的壞心眼），而且帥氣完全沒失分，立刻就讓我對星座的效力失去信心了。
還好大王不知道他太太這麼低級。
好吧，金星，以後就隨便你去逆吧……

剪刀手。

從歐洲行回來之後，因為我和大王都各自有自己的工作進度要補，所以其實週六日經常也還在家裡加班趕工，直到這星期大王才突然又發神經說——

我們應該來修剪樹樣!!

蛤? 如果有時間，不是應該先考慮休息一下嗎?

這裡說的樹叢是我家和鄰居之間的那一叢。和鄰居約好把它們一次剪短重生之後，每年都要記得修，讓它們一直維持在適當的高度。

結果連續兩次了，每次都是愛面子的大王記得要去修，而且我們自己這面修完還會幫忙修到他家那一面去，但是以前鄰居都只修他家那邊的，就讓我們這一面隨便瀟灑長，形成雙面分裂人格那樣。

真正的隱憂其實是——老公一發想，老婆就發愁! 多年來我一直就讓經驗告訴我，只要大王想碰什麼事，通常只會把那件事搞得更糟而已，事後還要破財才找專家來修復!

我的計劃是這樣的，我們在這圍欄上釘了一个架子，然後用電鋸把樹叢一掃而过。

他在說啥？
有聽沒有懂……
而且聽起來就很複雜…

本來我的相应对策是「轉移注意力」或更簡單地，利用人的惰性，把这个休假日拖过，結果沒想到——

好吧，如果这星期不能修剪樹叢，那我來修車庫的門好了！

不！！

不要呀！！
还是說我們來剪樹吧～！！！
剪成米老鼠的形狀好不好？一定会讓生活充滿了無限樂趣！！！

你說好不好？

大王的意思是這樣：

那当然！樹再怎麼亂剪好了也会再長出來，可是我家車庫的門已經讓大王胡搞過很多次了，往々問題沒有解決还破大財請專人來修復！这种狀況下，当然不如讓我們去亂剪樹木还好一些!!

其実，我真的一点也聽不懂大王剪樹的詳細計劃的，我也不清楚，為什麼只是剪ケ樹他就要用到木材、电鑽、鑼絲這類東西？？？一直到他完成後我才明白——

不過我同意，大王這個「道具」可以使用好幾年，每次修好樹叢就收回車庫放，以後要剪直接再拿出來架上去就可以了。

活动可移位。

电鋸·

看！把这ケ木架架在圍欄上之後，我就可以把电鋸靠在木架上，整ケ把樹一次修平!!!

傻眼↗

為什麼会為了这种事去釘一ケ木架???

從A点到B点綁一條繩子不行嗎???......

老公，你好棒——

↑
天知道我已經盡了太太的義務了!......

Walmart 初體驗

我這一生經常在後悔這樣的情節：就是話語傷了家人之後立即無限懊悔。當然我不是無緣無故就飆出氣話，通常再前面的情節是我會先為了什麼事開始不耐煩，例如人多又混亂，例如我其實沒有很想去哪裡但被慫恿而去，又或是我身體突然不舒服起來，但又忍著沒告訴旁人。

今年在台過年時，上面的劇情一再發生，我事後都相當恨我自己，雖然我總是冷靜下來後就會立刻道歉，可是我更想要做到的是：當時就不要發飆多好！

就是因為我自己是這樣，當我被大王飆時，我其實很能體會他那是哪裡有毛病，我不會放在心上，不過我會在他事後冷靜愧疚起來時，逼他向我道歉──我比他好的地方在我會和人家道歉，而他是會露出愧疚樣卻不會說抱歉。我覺得我們這種人已經很糟了，抱歉常掛在嘴上是應該的。

其實，有不少事我至今還沒在美國做過，比方之前提的看電影，還有另一件：去 walmart ── 美國的一間大賣場連鎖店。我經常在網路上看人家分享 walmart 裡許多怪模怪樣的客人，經常也覺得，這個地方實在「太有料了」！（客人）但大家也應該知道，我老公在 IKEA 都會變身拯救世界了，那就更別想像若去了 walmart 會怎樣！也別說他了，據我所知，我自己去到人多的地方也會非常爆燥，有一位不願表露身份的女士這樣說──

好還敢說妳呢，妳自己根本就是同一組的！！

我好心帶妳去101、去花博，妳給我演出的不肖劇是連路人都看不過去的！

多年來我最不理解的，其實是大王對妹婿紛的情感。

如同我以前曾經說過，結婚前大王給他家人的聖誕禮物通常只是張有裝框的照片而已，我們結婚後才真的開始有買聖誕禮物寄給家人，至少我是會幫忙準備。

我小姑和紛是在我們之後才結婚的，而因為我小姑送我和大王的聖誕禮物總是會分開，一份給王一份給我這樣，所以他兩結婚後，我送給他們的聖誕禮於是也會分開，小姑一份，紛一份。大王呢，奇怪地總會每次自己額外特別找個什麼東西送給紛，所謂額外倒不是貴重，其實是幼稚，因為他和紛在很多理念上都完全不同，包括對美國總統候選人的看法，所以之前為了惹毛紛，他寄了好幾年的小布希相關商品給紛，這雖然是很幼稚的行為，可是紛還是全家族唯一一個大王會主動去找禮物送的人呢！所以這種心意怎麼說？不是很奇怪很令人不解嗎！

好吧，後來歐巴馬當總統後突然兩人都對美國政治失去興趣，但去年大王還是幫紛準備了禮物——Walmart那些蕭郎顧客的寫真書。

其實我真的不是很懂大王對紛的情感。

（聽說我得小心·哪一天會被人肉搜尋）

所以說，我們當夫妻真是好，我的缺陷完全被你淹蓋！

和你在一起我覺得自己簡直就像個慈善家！！！

好吧，事實上大王也看過網路上那些歡樂的walmart people，我們倆對walmart都有真心按讚的，只是有自覺那裡不會是我們的家，因此誰也沒提過一次要去walmart看々，直到有一天，酒足飯飽……

剛從餐廳出來

雖然覺得懶，畢竟剛吃飽……

但我這該去買些襪子，我的襪子很多都破了……

WALMART

那裡剛好有一家walmart耶，要不要乾脆去那裡買？近啊！

飽暖通常思淫慾，就算不思淫慾大概
也會想找一點刺激，我和大王就這麼走
向 walmart 了，要知道，在美國去哪裡通
常都要開車，哪怕只是想買一瓶可樂或
一盒蛋，如今 walmart 碰巧就在眼前，
這該是連綠巨人浩克都會變身之處，我
和大王這該也別錯過比較好……

我真的要說，walmart 真是ㄅ充滿奇蹟
的地方，我萬人也沒想到，我和大王的
初體驗會是──

怎麼都沒人??

今天 walmart 是不是
休假又忘了關門，
不小心被我們闖
進來？……

而且也沒
音樂!! 他們
居然沒放音
樂!! ……

也不知道是為什麼，難得遇到熱門的
大賣場這麼為你專屬，照理我們也
該趁机好好逛一下，用推車至担載來載
去才是! 結果我和大王匆匆買了襪子就
出來了，簡直羞矣以「莊嚴」為它下結論…
（給布魯斯班森：這裡很安全。）

紅顏。

我家的貓一向可以当兄友弟恭的好榜樣的, 因為平常他們可以這樣睡,

歐~麥拉~
麥達林~~~~~

也可以那樣睡——

但我實在是不知道從什麼時候開始, 這兩兄弟好像卡到陰了, 不但突然会

彼此大声叫囂，甚至还会互咬到掉毛、互
抓到流血的程度，瘋起來的時候，
連我這个做媽的都会害怕！

ち〜ち〜
胡〜〜！！

嗚〜口苗

借來的→
不准吵
不可以打架！！
幹什麼〜〜！！
是兄弟的就

噴水壺。

都給我坐下來擺道歉酒！！！

這世間，究竟有什麼能讓做兄弟的反目
成仇？我偷偷觀察了很久，終於有了
重大發現，每当鄰居的小啾啾在我
家庭院外晃時，兩兄弟就会突然翻臉
不認人，有女人沒兄弟這樣！！！

你們都結紮了耶！！
到底还想要怎樣
！？

鄰居的貓小啾啾
(名字當然是我亂取的)

確實，小啾啾就是禍首。
後來觀察了很多次，即使小啾啾
沒有停留，但只要他路過我家被
看到，我家兩兄弟就會打起來。
很多時候小啾啾路過時我來不及
看到，所以貓打起來我會不知道
原因，但事實一再顯示就是他們
看到小啾啾才會打起來。

当然,如果小啾啾不來,兩兄弟又會回到和尚敲鐘的淡定狀態,一副剛才的事已是前塵舊夢那般邈遠……

大杯的給你……

……給我乾脆維……

不,你是長兄,你該喝大的……

為母的我也幾乎按著世間系列走,我開始不太歡迎小啾啾了,在我的心中,他就是紅顏禍水(但說真的,我不確定小啾啾是母貓……)。

此後即使大白天,我的百葉窗一律垂下,並且緊閉,這樣確實是安寧了好一陣子,可是最近又開始不知怎樣,就算小啾啾沒來,兩兄弟又在給我上演熱血生死鬥!

口胡~~

妖

我不懂……
我不知道為什麼???
我要去報名觀落陰了……斬貓的桃花有效嗎?……

這種狀況發生之後其實我很擔心,我擔心日後他們去住貓飯店,看到別的貓也會打起來。果不其然,上次我們去歐洲期間,貓飯店的人就和我們通報說他兩有打架,而且貓飯店的人顯得非常苦惱,不知該如何,總不能把兩隻打架的貓繼續再關在同一個小空間之中。

我也很苦惱,我覺得再這樣下去我們會變成不受歡迎的顧客,那以後我更難放心和大王一起去歐洲。我現在只能希望貓的記性沒那麼好,趕快給我淡忘打架的習慣,或他兩趕快給我進入更年期火氣全消,不然我以後怎麼安心出遊?他們一貓住一間房又會大大超出我的預算(每次貓飯店的錢都是我付的,因為大王付我的旅費)。

拔牙記

我剛剛又從牙醫那裡回來，今天我和大王都和牙醫有約，他的約早我一個小時，不過我人到達時有遇到正要離去的他，他正在治療一顆大蛀牙，是不用拔牙，不過有鑽修的工程，麻藥上得半邊臉都僵掉了。

我比較訝異的是，今天牙醫居然沒給我上麻藥，雖然我也不覺得很痛，但在美國看牙醫不上麻藥是很少見的，而且牙醫居然事後和我說「妳真的是很耐磨耶，居然都沒有喊痛，也沒露出任何一點躲避或痛苦的神情。」

我馬上在幾乎放空了（事實上我把那個受苦的人想成是條死豬，我只是旁觀的阿飄）的腦袋打上五個大問號！他這樣說的意思不就是多數人都會喊痛，那他怎麼會一開始就認定我撐得過呢？！

（接下頁邊條）

因為決定延後植牙時間，所以我當然也先去牙醫那裡把我那顆旅行期間發炎發到最高點的那牙齒拔除...事實有的證明我自己確實是到快掉了，牙醫居然花不到二秒就拔下它了！

恍然大悟

我会拔不下來，原來是因為它長的和別顆不一樣!!

放大
它有三隻腳

早知道我也不要那麼掉命还苦了自己!!......

但不知為什麼，這顆牙拔掉後我居然抖ㄅ不停......

雖然他的確是有問我啦，他一開始確實是有說，有些人是不覺得痛的，所以他們要求不要用麻藥，他問我要不要試試不上麻藥，我自己也說好，那就試試吧，如果我覺得痛再來上麻藥。可是其實他(牙醫)今天動作很快，幾乎沒休息一口氣就是不斷地給我刮磨，我嘴巴上又架著吸水的；要喊暫停我也看不出好時機，就乾脆整個死豬肉放空讓他磨了。能撐下去與其說是我不覺得痛，不如說是他根本沒給我喘息的機會吧？雖然我承認這種痛和經痛比起來根本不算什麼，不過牙醫今天的作為還是讓我很訝異。

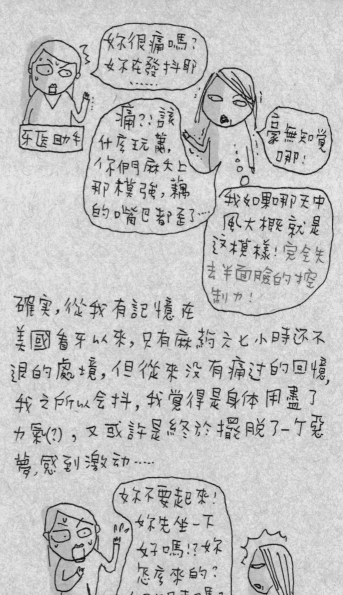

牙醫助手

妳很痛嗎？妳在發抖耶

痛？？這什麼玩藝，你們麻大上那麼強，藕的嘴巴都歪了……

毫無知覺咧！

我如果那天中風大概就是這模樣！完全失去半面臉的控制力！

確實，從我有記憶在美國看牙以來，只有麻藥之七小時还不退的處境，但從來沒有痛过的回憶，我之所以会抖，我覺得是身体用盡了力氣(?)，又或許是終於擺脫了一个惡夢，感到激动……

妳不要起來！妳先坐一下好嗎!?妳怎麼來的？自己開車嗎?夕最好不要出去立刻開車回家!!!

有那麼嚴重嗎？拜託我还要回家趕稿呐！

註：美國医院都很怕被病人告。

在美國看牙的經驗真的是和台灣很不同，我記憶中，台灣的牙醫不但忙還門庭若市，病人A才剛坐上生死椅，但等待區已經排到病人D了！牙醫在為你服務之時，也已經分20%的心在問診下一位了！真的讓病人跟著有一种緊張感，深怕，交棒的時候 棒子不小心 掉在地上!! 但在美國看醫就是以每小時為單位，就算我只花了半小時拔牙（連同前面拍X光片及打麻藥的時間），下一个病人也一樣是到他的那一小時他才會來，完全沒有急迫感。

告訴妳，很奇怪喔，通常拔完牙會昏倒的是男性耶!!他們也都說他們沒事，可是一站起來就昏倒了!!!

現在是怎樣……？恐嚇還是拖時間？？

可是我真的沒事……

对!他們就是都像你这樣說!

最後我只好在生死椅上多呆坐5分鐘。

事實上，這次牙齒出問題也有激到我耐心的臨界點，我一開始不耐煩到想要把牙齒乾脆全部拔掉戴假牙算了。因為我的牙齦絲毫沒有暴出或外露，如果戴假牙，其實也只有我知道，一般人應該看不出來。

可是隨著不斷進來的越來越多的訊息，我又一點一滴地改變主意，先是，戴假牙吃東西其實很不舒服，因為假牙也會隨著時間鬆掉——主要是沒有牙齒後的牙齦會萎縮得很快，所以假牙一陣子之後就不合了，而且其實吃東西聽說還是很使不上力。我因此又決定，那做固定假牙好了——把假牙用微創植牙根定在上下顎，也就是凡間說的「平民植牙」。結果又聽說，微創植牙根（就是尺寸較細的人工牙根）在上排牙的失敗率高很多，這訊息又讓我退卻了，因為我如果要犧牲掉所有的牙齒，我當然不希望替代的是一個失敗率高的方案！而且我這次出問題的主要就是上排牙齒，下排事實上都沒什麼問題，我也沒有想動或拔它們的計畫。

最後大王還插花說，他其實非常喜歡我的虎牙，他希望就算我上排要全換假牙，最好也還是要做出虎牙。我實在很想狂叫這實在是太麻煩了啊啊啊什麼世界！最後冷靜想想，其實我的兩顆虎牙都還好好的，不只它兩，其實上排還是有幾顆真牙都還蠻可用的，我幹嘛因為自己的不耐煩而想要全部拔了呢？而且全拔後的方案都不如我當初以為的那麼好，還是要一根一根植牙補回才是最實際的，定案。

不過如今回想起來，我也有被我自己的不耐煩嚇到。居然瘋到想要把整排牙全拔掉！世界上有我這麼不耐煩的嗎？

有 **生命** 的包

年初時也不知是哪根筋不對，一直按命想DIY，於是我就想，用了多年也覺得很好用的我的登机包是該更新了。事實上，去年我就試圖更換用另一个包，好用是还好用，但，我發現因為它是皮革的比較重，一趟旅行下來簡直要50肩了。

我記得我以前出國明明沒有那麼搞剛，怎麼現在東西好像越帶越多？仔細想想，是和飛行的長短相當有關，以前出國多數是台灣去日本去香港去中國等等，多半短程，現在不論回台還是去歐洲都是長程，在飛機上待那麼久而不發狂確實是需要多一些傢伙，比如書，比如電腦，甚至是一點小零食才不會無聊。因此登機袋也就大了。

又不是要去天力比賓擋卡車

所以説，放用隨身包还是布製的才是王道，不然袋子本身就重，再加上旅用那麼多家当，簡直是在重力訓練啊！

就因為這个原因，我一連做了三个新包，而經過身沙親明好友投票，一致認為，這一个比較好看：

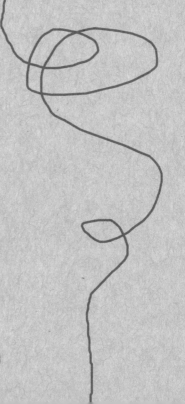

這其實不是布，而是以前的米袋，不過我還是很質疑，一百磅的米也非常之重！為什麼它以前還是米袋時，它的經緯紗就撐得過一百磅重的負載，而現在連四分之一重的東西它都不堪再承受？………

好吧！這次去歐洲就帶你去吧！還不叩恩退下！

誰會知道，這个包居然会給我一路解体，羞点羞到我無地自容！

不，並不是我縫紉技術不好所以它解体，而是因為那塊布料本身有問題，我卻沒有及早發現—它的緯紗比經紗細很多，重点是还非常脆弱，隨便扯幾下就断了，所以隨著旅途，它好像既是个生命体，又是个魔術師，每天都在變化它的容顏，連大王那种從來沒怎麽在注意我的妝扮的粗男子漢居然也都發現了！

咪一（你的包，昨天不是長這樣的吧？……）

裂→

(最佳配樂) 嘸湯問我嘸湯問我溫是出外A郎——……

所以到了挪威小島，我其實做的第一件事是借針線手縫補洞!!!

問我為什麼不去臨時買个新包？因為，

那個島上沒有任何一家店啊!

別說包们，連一瓶汽水也買不到好不好!

(嘸湯問我，嘸湯問我，溫是出外的人……)

最後回美後，它已經變成這樣了——

→

 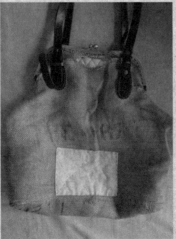

小島生活聽起來好像很浪漫，其實細節很麻煩，比如任何食物飲料食材家庭用品等，一定是要自己每隔一段時間去本土陸地採買、帶回，所有的垃圾除了可燃的自己可以燒掉之外，又全部要自己運回本土陸地去丟，據我所知，島上雖有海底電纜從陸地接電過來，可是好像沒人家裡有洗衣機，他們也都是帶回陸地後再洗、再拿回來——小島上的居民們在本土陸地都另外有個家，小島居民人數不多，多數是像麗芙一樣出生在此，對此地有感情了，所以儘管日後長大會為了工作而移居出去，老房子老土地還是會留著一代一代傳下去。

小島雖然沒有網路，不過手機倒還是有訊號。

再說一下算命之不可全然迷信，兩個同一天同一時辰出生的雙胞胎（雖然是異卵），其實連個性都不盡一樣。當然他們有他們相似的地方，可是不同之處還是非常之多，連我這個外人都看得出來。

瑪優和大王都覺得托比以後會比較受歡迎，畢竟他從小就似乎有要討人喜歡的企圖心，稍微大一點了（六七歲之時）就決定要主攻音樂和運動來吸引女孩們的目光。愛傳完全沒那麼有計畫性和企圖心，他就是喜歡他喜歡的，不會去管女生會怎麼想，雖然他看起來以自我喜好為中心，卻實質比托比更體貼和注意他人的心思。

從肢體運動看來，我事實上是覺得愛傳自小比托比靈活天成，可是長大隨著托比嚴苛的自我訓練，現在運動方面自然是托比比較好，可見，才能不是絕大多數取決於天生，現在愛傳甚至認為自己在運動上就是沒天份，但我看得很清楚，論天份，愛傳絕對有勝過托比，只是托比的訓練成果讓他知道托比如今確實比較佳。

他們兩的對照成長也讓我感覺到，其實我們人可能都會傾向去追求自己天生缺乏的……

復仇者。

去年，大王還在抱怨他兩个兒子十一歲了，还不敢拿錢自己去買東西（奇怪，大王好像把「買東西」這件事看成是獨之的第一步？）不过这情況已经有改變了，今年他就聽說，向來享受人生存不住錢的愛传，已经会自己偷々拿零用錢騎著腳踏車，自己去玩具店買樂高了！！！

果然玩樂高的孩子是聰明的啊

相較之下，比較省錢也愛存錢的托比就还是不敢去櫃枱付錢買他要的東西（即使是爸々給的錢，爸々也同時在那家店裡，他还是不敢）。

愛伝和大王都愛樂高，可是，兩人喜欢的類型完全不同，愛伝基本上还是跟著小孩子的潮流，迷著卡通或电影那些种類的樂高（比如蝙蝠俠、和利波特等），大王不用説，他对机械原理系列比較著迷。

所以在玩具店経常会看到的狀況是：

結果這次在荷蘭大王又試圖勸愛傳買樂高的工程車，愛傳當然是堅持他自己所愛，我也在旁聲援支持。最後那個幼稚的父王講不過我們就兩組都買了，他說工程車他自己要來組。他回去後先是讓愛傳完成他自己那一盒，等愛傳的樂高做好了之後，他才拿出那台工程車開始要慢慢組，他其實想要引誘愛傳來組工程車，奈何愛傳不爲所動，繼續玩著他組好的樂高。
這故事也蠻心酸的，父王依舊孤單地組著自己的工程車直到完成……

三這樣可以对峙三半小時

爸爸覺得这台工程車有趣多了，同樣的価錢，我们不是該買更有意取的？

可是……我比較喜欢那个……

拜託，老頭子你有沒有年輕过啊？你就再別逼他放棄童年了。

這樣的情况之下，大王这个做爸爸的雖然都还是会付錢幫兒子買樂高，可

是卻充滿了幼稚的懲罰心態！——

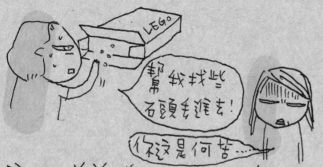

幫我找些石頭丟進去！

你這是何苦……

這次回美前，愛伝在網路上看到有一組復仇者聯盟的樂高，美國已上市歐洲還沒有，所以他希望大王回美能幫他先買，並且，他还叮嚀我們買回後要小心放好，別讓 MANY 和 YoYo 毀壞了……

我和大王是去幫他買了，但——

MANY，快，快站過去，我要拍一張你們和樂高的照片email給愛伝!!

不嚇他我不是他爸！

这个人才是復仇者……

三管齊下。

旅行這麼多次，其實我还真没住过所謂的家庭套房！因為如果瑪优有跟著来，我們通常是会分住兩房，她和孩子們一起住一間，我和大王住一間，所以我們這一家子事實上没人住过飯店的家庭套房。

這次我还相当感謝瑪优給我這个机会！由於挪威行她没跟，所以，在從奥爾根搭机回阿姆斯特丹時，我們有一晚有机会住飯店，一行四个人我們於是就選擇了家庭套房。

我在交換日記有提過，瑪優現在有男朋友了，所以她變得比較開明隨意——以前我們要帶孩子去哪她都不是太樂意，如果答應了也是她本人要會跟著來，如今我們想帶孩子去哪她都沒意見，還巴不得我們多帶去玩幾天，這樣她也可以去約會。而且現在這個男友她相當認真，和我聊起他時都整個眼睛閃星星，充滿著熱情和興奮。

我很高興她也找到了她的幸福！我祝福他們。

TV

主臥

电視只有一个，但可以二个房間轉。

↖这其實是个沙發找出的双人床

原來家庭套房長这樣！

二個孩子不但興奮而且大方，立刻就選定主臥才是他倆的睡床，我还电話要大王也不肯讓步的──

胡說，主臥是爸爸的，你們小孩子去睡沙發床！

那个......其實mini bar在沙發床那間耶，你要不要重新考慮？

通常旅行時大王晚上都有喝一杯助眠的情況（Mini bar 也不能豪飲），所以我覺得他若在11、12点才去搬沙Mini bar 会吵到孩子，不如就認命去睡沙發床。

太離譜了......

我是王耶！还有人關心嗎？

居然叫我睡沙發......!!!

猜猜我們到達飯店的第一件事是做什麼？

洗澡！

因為小島小屋住了六個人卻只有一間洗手間，於是人人都不敢佔用浴室太久，就乾脆都沒洗澡了，反正挪威空氣水環境整個就是乾淨，又還是蠻冷的，我們都不覺得有洗澡的迫切需要，因此一到飯店終於就人人輪流好好地洗了個澡。

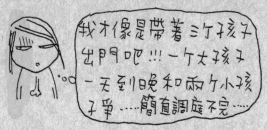

我才像是帶著三个孩子出門吧!!! 一个大孩子一天到晚和兩个小孩子單......簡直調庭不完......

(配樂:你就是心太軟......心太軟......)

〈我真是超復古的ㄟ......〉

当然最後大王还是讓步了,但事实上,卑爾根這家飯店居然有个兒童遊樂室,裡面还有 Paly Station 和遊戲片,這三个小孩於是混到快午夜才回房,彼時老娘我早就睡在床上了(沙發床)——

明早六七点就要去机場報到,你們会起不來的!!!

对喔!!! 快!大家快去睡!!!

結論是我对家庭房再無幻想,因為,兩个孩子+大王全都会打呼!!! 而且沙發床確实不適合老骨頭,我結果是四个人中睡得最差的一个,雖然我最早上床。

我從小就生長在一個老爸打呼震天響的家庭,所以我對打呼聲其實不太介意,但三管一起來就不一樣了,真的有點太多了些......

支藏 的 心願

雖說植牙時間被我延後，但我為自己的牙齒健康也都沒閒著，还是有和牙医約治療其他有的没的项目。

但，不知為什麼我覺得事情進展得沒有很好，比如説牙医開了一种处方籤的漱口水，不漱还好，一漱下去的隔天，我的牙齦多処出現腫包！

變老也依然要經過陣痛啊！

什麼碗糕嘛......

妙の心靈徘句一團

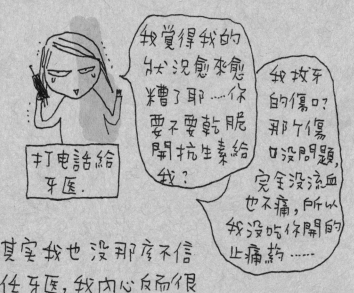

打电話給牙医.

我覺得我的狀況愈來愈糟了耶......你要不要乾脆開抗生素給我？

我拔牙的傷口？那个傷口没問題，完全没流血也不痛，所以我没吃你開的止痛药......

其實我也没那麼不信任牙医，我内心反而很高兴他没有在我身上滥用抗生素，如果是

就是像醬~

我畫得真好~

我以前那ケ牙医(也是在西雅图,但我們換人了),他早就問也不問就直接要我吃抗生素了吧?只是説,我這一次牙齒的狀況已経煩我很久了,從欧洲行前就煩到現在,我自己有点耐不住性子,希望不要再受那些止無盡的慢性折磨。

大王這陣子也跟著我在看他的牙,但他其實也没什麼大問題,就只是一些小鑽小補的工程,我於是委託他去趁他的約時,順便拿我的处方籤,雖是我自己決定要吃抗生素的,但我也没那麼急著立刻就要開始吃。

結果抗生素还没吃到,我馬上就又發現新狀況——我舌頭居然黑了!!!

倒

天啊……我是得了絕症了吧?……

不然还有什麼解釋……???

当然我馬上上網去查舌苔黑之類的資訊，爬了一些文还強迫自己看了很多很噁心的照片，簡直快要昏厥过去……

可是爬著爬著，突然又看見一條：

也有可能是舌頭被食物染色。

本來我差点把这條略过去的，因為我這一陣子以來東西也吃得不多，哪有可能被食物染到色……但，等ㄟ!!……

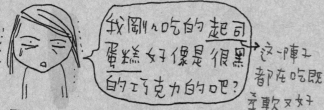

果然衝去浴室用力刮，那些黑色素是刮得下來的ㄅ!
完成友藏心願。
只是吃ㄍ巧克力，有必要讓我受糗經嗎!?

後來事實又有個大翻轉。
其實是我的漱口水有那樣的副作用，雖然它沒被列在藥房給我的用藥指南之副作用的項目中，可是那指南也說「其餘未載之副作用請上ＸＸ網站參考」，我有讀藥房給的指南，但我沒去它說的網站看。
而且黑舌頭誰會想到是漱口水造成的？漱口水不是應該要讓口腔乾淨潔亮的？！怎麼居然還可以有這種副作用！
我是因為黑舌頭刮完隔天後又再度染黑，所以才想到要去追查更詳細的副作用的，果然一追，黑舌苔就在其中。而確實用藥期一結束後，黑舌頭也自然退去了。

有好一陣子每逢周末假日晚上，我和大王都在家看BBC（英國）的舊影集，有些我覺得还不錯，有些就<u>沒特別感覺</u>（意思是也不覺得難看，又是也沒很喜欢），这些沒特別感覺中的一部是：Good Neighbors，大王很喜欢，喜欢也就算了，还要不斷告訴我，这一部影集是瑪优推薦他看的，如果这樣还不夠的話，他会再補上一句：

瑪优的品味不錯……

你夠了吧？SEX & THE CITY 和 FRIENDS 都被你駡到臭頭，如果我沒記錯，这兩部也是瑪优的心頭好！

為什麼我会知道那二部是瑪優的心頭好?因為去荷蘭總会看到瑪优的DVD珍藏区,也親眼見过瑪伏很享受地觀賞。

那不一樣啦,那兩部是現代新的,新的影集本來就很膚淺⋯⋯

你就是要幫瑪优說話就对了?死白目⋯

其實我對瑪优喜欢什麼向來没意見,人各有所好,本來就没有絕对說誰的喜好比較有格調或怎樣。只是我覺得大王一直在我面前誇瑪优我認為他相当白目!还有,他們倆的恩恨和不合之處其實我也都很清楚,怎麼?只因為現在距離遠了,衝突少了,就又開始以為她很棒就对了?

老是要我這个現任的提醒他,他倆不堪的往去,或說我直接再把他前

Good Neighbors 是兩對夫妻比鄰而居的故事,兩家男主人一開始是同公司的同事,他們做的是設計相關的工作,但其中一個突然在某個階段厭倦了這一切,他決定辭職返家種菜養動物過著自給自足的生活,而他太太也支持他的理念,他們這一家從此過著畜牧務農的生活。而另一對夫妻依然過著都會競爭虛榮的日子。不過其實這個故事沒有要比不同生活之優劣的意思,而是要突顯那種差異所產生的趣味,其實這兩家人感情不錯,而且總是互相幫忙

任的人的缺點再說一遍，我自己也覺得這种行為很低級，根本不屑做。可是這个死白目有時候還真是不知道他自己該見好就收了——

Come on, 人家好的地方就要承認！你自己說々你知道多少部好影集？！

豹了！！我們明天一早就手刀去買慾望城市和Friends的DVD！！！

非珍藏不可！！！

我說我不喜欢新的影集啊々……

不用擔心，我們20年後再一起看這兩部，到時候就是老影集了！

到時候，我会和你一起讚美碼優的品味！！

最後這个死白目終於無言了，還給我大笑出來！！……

我要來說說瑪優的好話，客觀地說，其實她是個挺優秀的女人，她父母早逝，所以她可以說很早就有獨立自主的能力，她對很多事也相當有天份也肯學習，外語能力很好，很會開車（快狠準），數理能力強，閱讀看電影音樂都相當廣泛地涉獵，如果不要在乎她太白目的個性，其實她說的話往往還相當好笑，她還自己種菜很注重飲食均衡和健康，她是個不錯的媽媽，對很多事也充滿興趣也樂意嘗試，以上這些甚至都和大王有高度共通性。我有時甚至不清楚他們當初在不合什麼，明明挺合的。我甚至聽大王說過瑪優以前也不太管他，這又是射手的人生需求之一的關鍵字：自由。

嚴格說起來她是一個各項條件都比我更優的人，以往他兩同居時，他們還能做到真正的開銷負擔各半。

我不想去探討已經塵埃落定的過去，不過認真想來，瑪優真的是個蠻優秀的女人。

好吧, 我終於 拿到 處亢籤 而去 藥房 領了 抗生素了——

但這一點開始讓我越來越不安，我有想過，如果我要真正做到獨立（不為任何人，而是為了我自己最高度的自由自主），我不能再去忽視醫病那一塊的單字了！畢竟誰不會偶爾生病的？總不能一生病就完全六神無主，完全無力照顧自己。有時想來，住國外還真是麻煩，因為我對學外語其實興趣真的沒那麼大，以前以為只要學到一般生活上能溝通就好，但現在發現，生病也是生活的一部分啊，就算它只是偶爾來個一場。

你知道你要吃的是什麼藥嗎？你知道怎樣使用嗎？你知道……

知道！

天大的謊言！ 其實我全部什麼都不知道!!! 在英文中如果有最弱的一塊，我最弱的那一塊就是病名、藥名，

總之，和任何医、藥有關的我連單字都直接放棄背記了，因為那些字怎麼看都是不該屬於地球文字，而且它們通常都不短！

說「知道」自然是為了省事，反正抗生素是
我和牙医要的，牙医實際看过我的牙，
我相信他会考量適合我的用藥，至
於說，該怎后用？我过去又不是未曾
在美國生过病，我知道藥罐（美國
都是用藥罐而不是藥袋裝藥）上都
会寫怎后用，那麼英文一般人都还会
看得懂。

（況且就算我說不知道，我接下來也
 不会聽得懂对方的医藥解釋的。）

但沒想到，看到藥罐我傻眼了一

TAKE 1 TABLET PLACE FOUR TIMES
A DAY UNTIL FINISHED

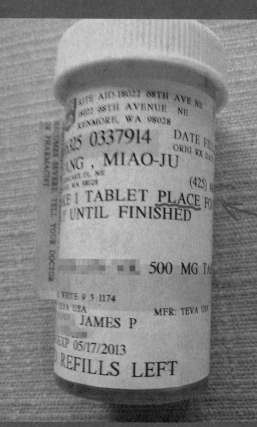

證據（一）：

什麼石宛糕??……
1 tablet place 4 times
a day ???

什麼是
PLACE ??!

是你你会回頭去問嗎？問々你自己，你剛

才才騙人家説「你知道」、「没問題」，然後轉眼間又要去問一个你也不確定是否会很白痴的問題！Place是啥？我們很早就学过这单字呵，就是「地点」、「放置」这一類的意思，会黄佳到哪裡去嗎?！ ……会.

雖然我真的不懂place这个字在那个句子中的意思，但英文不是我母語，我無法断定这問題問出來会不会变成一个笑話，讓药剂師一整天都不断患打牆地拿出來笑？我身体不舒爽自尊低落，我决定我没辦法承受当人家辦公室的話題。

所以我回家打電話問大王——

你説什麼碗糕?！拼出來聽。！

就Place, P.L.A.C.E.呵！

去你的place还是我的place的那个place呵——

證據（二）：

Questions? Ask your R...

MEDICATION
PENICILLIN VK 500 MG TABLET

DIRECTION
TAKE 1 TABLET PLACE FOUR TIMES A DAY UNTIL FINISHED

IMPORTANT
HOW TO USE THIS INFORMATION: THIS IS A SUMMARY AND DOES NOT HAVE ALL POSSIBLE INFORMATION ABOUT THIS PRODUCT. THIS INFORMATION DOES NOT ASSURE THAT THIS PRODUCT IS SAFE, EFFECTIVE, OR APPROPRIATE FOR YOU. THIS INFORMATION IS NOT INDIVIDUAL MEDICAL ADVICE AND DOES NOT SUBSTITUTE FOR THE ADVICE OF YOUR HEALTH CARE PROFESSIONAL. ALWAYS ASK YOUR HEALTH CARE PROFESSIONAL FOR COMPLETE INFORMATION ABOUT THIS PRODUCT AND YOUR SPECIFIC HEALTH NEEDS.

向來我問英文的問題很少難倒大王的，只有看他爽不爽幫我解答而已，但，這問題也難到大王昏了心智，他居然叫我去用他們的敵手孤狗去搜尋！

我的直覺是他們不小心寫錯，我從未聽過有place放在那种位置的英文……

但你還是搜一搜看好了，再不，打電話去問牙醫……

結果我去搜了之後，几乎很肯定並沒有place放在那裡的那种用法，我甚至去查了我的同种同剂量的藥的使用方法，都說就是口服一天四次，一次一粒，沒有什麼place不place的字眼！

那隄当然的吧？藥丸不吃，難道还要去「放」著，一天看四次???

天下有这种道理嗎?

最後，我真的是想說——美國人拜託你小心一点好嗎!? 这种錯誤真的对我一个外來人很困擾啊!! 我現在身心靈都因这个place產生了陰影了啊……

而且這個 PLACE 讓我花了不少時間去查，害我當天做稿進度又落後了！可惡啊……

好處 說不完 (上)

說起來我這一陣子真的是忙死了，除了一刻要去牙醫那報到，一邊手上的趕稿也完全不得閒（因為按照我自訂的進度表來看，它已經落後兩天的進度了），所以心情上我並不覺得悲苦，反正「有問題就去看醫生，沒啥好煩惱的」這一套我已經從大王身上學到，不但學到了，還真的立即就轉念了。我比較苦的反而是，短時間寫那麼多東西出來，我沒庫存了啊，我真的不知道要寫什麼了啊!!!

好處？……

什麼是好處？可以吃嗎？

← 天線都放出去也收不到宇宙任何訊号。

剛好沒什麼閒工夫吹頭毛。

我一直在想，說不定我自己頁數算錯，
比如只剩10篇要寫，我卻不小心算成
还要再寫12篇，畢竟我性格嚴謹，这
种事很可能發生啊！
結果不重算还好，一重算（还驗算了三
次），發現不是还要寫12篇，而是还
要再寫14篇!!!

趕快幫我想～
还有什麼可以
寫的？

挪威寫过
了？

当然!!!

不要説那麼白痴的話，
我能寫的早就都寫
了，連我不想寫、不欲
人知的 都拿去寫了，
你就別再提那种
層級的建議了～!!

什庅是我本來不想寫但还是拿來寫的？
当然是牙齒！而且实話说，牙齒的事整亇讓我沮喪死了，因為：

(一) 它讓我感覺自己**好老了**！我其实还没到老年耶（頂多是还没生过孩子的中年婦女），居然已经開始換人生的第三批牙了（人工）。

(二) 我实際上也在吃老人食物了，因為牙齒的状況我居然在这种年齡就要**告別雞排**那些的！多讓人傷感‼

(三) 金庫就要一夕全空 ── **又老又没錢**…

没想到，当一亇作家要犧牲这麼多，要把这些不想讓人知道的秘密通〃寫出來，好可憐！

重点是，我这种还没人要看呢 →

不輸為了要成名而脫光光拍寫真集給人家看吧？

可是，其实我很高兴这件事有被我寫出來！因為，也不知道為什庅，講出來之後

《紅顏後續之二》
大王怒火沖天從他的辦公室出來，氣得撂下許多狠話，也不知是埋怨給誰聽，通常，他會出來狂叫幾聲然後就回去關起房門繼續做他的事，昨天他撂完狠話狂叫後，卻回辦公室去拿著煙灰缸和咖啡再出來，一副打算和我並肩作戰的神態，結果我笑出來（因為平常他根本不是這樣的），他還不解且嚴肅地問我笑啥，什麼事那麼好笑？害我更是笑不停。但總之，兩隻貓完全沒有要和解的意思，弄到我最後只好提早收工（那種處境根本完全無法做事），把ＹＯＹＯ一貓獨自關在房裡（當然有給他水和食物和貓沙），分離了兩貓，知道他們至少不能再互傷後，我累得提早去睡覺。

就覺得沒什麼了，不但悲情立失，还連自己都覺得好笑!!!

嘮一天一!!! 我覺得現在刷牙好輕鬆喔! 沒有那麼多顆得刷，实在很省時省力!

有的! 我真心這樣覺得!!

还有，我也誠心覺得幸運死了! 以前的牙医説的沒錯，我出問題的牙都在後方，至少我現在開口，前面还都是有牙齒的，不致於是那麼不堪入目! (只要我嘴巴不要張那麼大，露出大後方。)

幸運(三)，我居然因此而覺得有盡到一点孝道──安慰母親的心。

哈哈哈哈，媽，我牙齒比…好少了

很好笑吧?

這孩子思想果然有偏差，怎麼会覺得這樣我会感到安慰???

至少可以説，我們母女很有話聊!……

《紅顏後續之三》
今早醒來後，發現ＹＯＹＯ的房門居然是打開的！確定大王昨晚沒去開他的門我們發現ＹＯＹＯ已經會自己開門了（喇叭鎖那種門），慶幸的是，兩貓相見終於平安無事了，我鬆了一口氣，因為昨晚我無助到以為他們再也不會合好，不會相親相愛。
我之前為了他們的吵架，已經永遠拉下廚房旁的落地百葉窗了（這樣就算小啾啾在外面他們也看不到），

好處 說不完 （下）

後來他們改在樓梯角窗發作，那角窗因為沒窗簾，所以他們還是能從那裡看到屋外狀況，進而爭吵起來。今早能合好是很好，可我也立刻下定決心暫時封窗，我沒有時間再繼續為他兩而失去進度了！YOYO 彆扭完會自己開門示好很好（雖然這只是我的想像），但我暫時是經不起他們再次打架了，尤其如果是一次要拖得比一次更長更激烈，我想我這本書會永遠做不完。

還有當然就是好處（四）：我意外瘦回小姐時的身材（幾乎啦），小腹都快平了！雖然這不在我的計劃中，比起身材我也比較偏好 吃喝的快樂人生，可是，如同我媽說的，上了年紀還是只吃七分飽比較健康，總之我外在看來都還很ok，因此就不覺得真的有那麼值得難過。

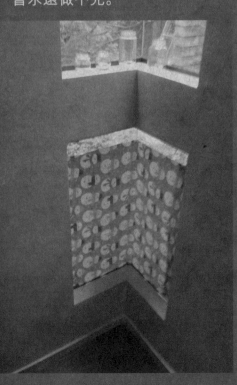

妳真的回復過去的身材了耶！趕快去穿比基尼吧？趁現在牙齒還沒治好！

青春苦短，不要浪費啊
妳記得不要大笑就好……

說到刀叉，其實我一直有個還蠻無聊的疑問，那就是左撇子拿刀叉的手是否和右撇子相反？

瑪優和托比兩人剛好就是左撇子，我一直以來都告訴自己下次要注意他們怎麼刀叉的，但老是又忘記，一直到這次去荷蘭終於記得觀察了，他們兩拿刀叉所用的手和一般右撇子無異，右手刀左手叉。雖然他們兩的滑鼠都是左撇子滑鼠。

还有一个我以前想都没想过的好处（五）：我居然，開始肯定西方人的餐具比較慈悲！！我開始更去思索這些小事！

过去不用说，我当然覺得筷子是最聰明的東西，兩根棒要做什麼都可以，再細小的東西也夾得起來，炸得再火熱的食物也能用筷子去撈，簡直是東方文化的驕傲！然而，我現在不覺得了。

我吃東西有困難的這段期間，好几度，我默默感謝刀叉給我的尊嚴——我總是可以利用刀子把食物切得更小，分攤牙齒的辛勞，而且沒人会發現。

筷子能切肉嗎？就算可以，那种动作加耗時也会很引人注意的！！

我过去对刀叉多麼不屑呀，沒想到它們实質充滿了对老人的友善！

鄧惠文医生(心理医生)曾分享一个克服自卑的心法,那心法很簡單,她要人有「慈悲心」。我覺得她説的簡直太棒了!

慈悲心並不是説去比那些比我們更慘的人,因而覺悟自己还不錯(当然这樣比,你確実也是会發現自己的処境沒那麼糟啦),但我覺得重点更在於,你不要把所有的焦点都放在自己身上,造成自己一旦覺得苦,所有外面的世界都不再重要,只有自己的苦是真、是唯一。但其実,你為什麼不客觀起來呢?客觀地感受自己的苦並沒有真的那麼唯一又了不起。我記得,去年底大王曾和我这樣説过──

妳真好,年輕又健康,不像我一身毛病,覺得自己好老……

什麼話!?你忘了我也有牙齒的毛病嗎?

当時並沒有牙病發作。

当時正在受肩頸痛的折磨。

我覺得慈悲心並不只能當戰勝自卑的心法,它事實上對人生許多面都很有益處。一個人如果有慈悲心,他會勇敢起來負責自己(這樣就不會勞累他人),他會變得聰明細心(廣泛全面地注意到自己做出什麼會傷害別人;同時也會想辦法讓自己耳聰目明得不去成為別人的負擔),他會愛惜自己(知道自己所得到的一切都不容易,都並不天生就該有),他會知道世間百苦而自己得到的苦也不過就是小小的其一之其一而已,所以沒什麼好不開心不快樂的。

慈悲不是笨蛋,不是被人佔便宜還不自知(他們知道的,只是他們富有得不在乎那一點損失),如果你真的得到了慈悲,你會知道,別人得到的便宜沒有他想的那麼多,而他失去的是好幾年用功也補不回的倒退和損失。慈悲是天眼通般的智慧。

我還沒有真正得到慈悲,只是才開始上路而已。

病痛確實容易打擊一个人的自信,尤其你有某个毛病但週遭的人都沒有時。可是,客觀地來說,每个人都有每个人不同的毛病啊!(並不限於真的病痛,用缺点代入也可)肩頸出問題就一定比牙齒出問題更值得自卑嗎?如果一个人有慈悲心,会假想別人可能的痛,不老是專注在自己身上,就該能看見人人都有他的問題,沒什麼好自卑的!而慈悲心甚至能讓你对他人更慷慨,更慷慨就更能建立自己对自己存在的價值。……

就像我現在終於可以看見刀叉的可愛。也了解,承認別人好才是真正讓你自己看起來更好的方法,硬要去驕傲地爭自己的筷子最好,反而顯得是那麼小家子氣兼自卑心結。

你不会是在罵我呢?我可是有承認筷子好!

所以說,你也成熟啦,你的世界也更寬廣了呢!!!

好處,說不完!……

大王確實是比我早很久之前就承認筷子好,雖然他至今仍不太會用,不過他也看過我只用一雙筷子就能夾起一粒米之小的東西,或一次大半盤菜那麼多的東西,而且是單手完成,不像西式道具那麼多卻總還是要一叉一匙兼雙手才能運作,而且我們一雙筷幾乎什麼東西都能夾,今年過年在台灣他甚至看到永生難忘的畫面──我姊的兩個孩子用筷子夾披薩吃!

「吃完手還是乾淨無油的,真聰明!」他說。

挪威老公 世界好。

每次去我公公家拜訪，不管是在小島上，或是在他們卑爾根的公寓，我總是輕易就能看到我公公和麗芙在家几乎永遠黏在一起，煮飯的時候一个洗菜一個切菜，洗碗的時候一个洗一个擦，買東西一定是兩个一起提，這種情形總是使我想起那个佢言──挪威老公世界好！

挪威老公世界好也不算是傳言，好像是有哪個組織還機構針對世界多國做出的民調，民調顯示挪威老公很願意幫忙分擔家事，該做的有都有做那樣，所以滿意度排名第一。
這則新聞多人轉發給我，但是當時我真的不太相信，除了我公公的例子顯而易見之外。

但，

那是不是指上一代的挪威人啊？？為什麼我家大王就不是那樣？

明々什麼家事都是我一个人在做……

我其實也是个大女人，不計，吃人嘴軟，我家的費用絕大多數都是老公一个人在承擔，我於是也沒要求大王要幫忙做

有一件事我至今還是沒得到答案，原因就出在大王自己也不知道。

那就是我注意到，以前我公公和小姑來西雅圖住我家時，每次在他們離去的那天，他們都會幫主人把他們自己用過的床單枕頭套和被套都拆下來，我問過大王，他剛開始說這是挪威人作客的基本禮儀，所以主人可以把這些東西直接拿去洗，幫主人省了一些麻煩。

之後我去挪威作客，自然想到該循挪威禮儀，每次離去的那一天，我總是會把我們用過的床單枕頭套被套都拆下，可是又有幾次卻被告知不要拆，真是完全混亂了我，我於是再也不敢肯定要不要拆？什麼情況該拆，什麼情況又別拆？問大王，他就是說他也不清楚。可見他以前確實是個什麼家事都沒想過要幫忙的人，因為他說他其實從沒拆過。

我想我得找個時間好好請教小姑。

家事，基本上也沒見过他做过家事（我家的洗衣机、烘衣机、洗碗机等，他甚至都不知怎么操作），不过這次在挪威我居然看到一个永生難忘的画面——

中〜〜口△♡…

@〜回▲

当天麗芙人不在家。

口未森!!!

!?

我老公是被什么邪靈附身了吧!?他会做家事耶!!!

还是説我老花又加重了???

冷靜想想，我分析出三大原因。（認真）

(一) 大王兩个兒子也在場，他想做出好榜樣給兒子看！（雖然，兩个小子根本沒人在注意飯後的家務事）

(二) 我其實是在夢境中（異鄉總有天馬行空的異鄉夢）。

(三) 挪威男人好，是要待在挪威國土內才有生效。（風水問題）

如果是这樣，其實我也可以考慮搬來挪威住——

真是好風水啊…

因為，即使後來麗芙回來了，大王也还是有去幫忙，可見那並不是因為麗芙不在他才破例去幫的！

回美後，当然那夢境般的一切就落幕了，也省了我去收驚的麻煩，本以為，一切回歸正常，直到我們結婚八週年那天——

這次，我要給妳的礼物是——

從今起，餵貓·清貓砂·煮飯·泡咖啡都由我來做吧！

或說，至少做一个月…

這是在演半夜鬼上床續集吧?！我發夢不醒……

這幾次見到妹婿紛，都覺得他年紀輕輕卻駝背了，因為每次背行李帶小孩都是他，當然是因為他們有三個孩子非常忙，我小姑是個很會帶東西兼整理東西的人，紛於是就是出力扛搬，做這類苦力，還要兼顧一個小的這樣，完全感受得到他也分擔得一點都不輕鬆。看來挪威男人的美名不假，畢竟紛以前是個富家獨子大少爺啊。

当然那不是噩夢，而是醒不來的恐怖！或是我老公卡到陰的一种確認感。我簡直不敢相信我的耳朵，或再認真地説，現实世界不是這樣的，如果事情發展到了超現实的處境，做夢的人就会意識到那是做夢，就会漸漸醒來，著名的电影 INCEPTION（全面啟动）不是这樣説的嗎？

如果大王平常是個容易空口說白話的人，那這禮物當然一點也不值錢，就是因為他不是那麼輕易承諾說要做什麼做什麼，所以這禮物才貴重。

不過我還是要說，我這個人品管很嚴的，我覺得他貓沙盒常常清得沒有很乾淨，補沙也補得太多（這樣貓很容易把沙弄得外面到處都是）……

雖然是ㄍ美夢，但我要醒來了……我快要醒來了……

説好我会幫妳出植牙的錢，但那早就説好了，不能再拿來当週年慶礼物……

而且每次你过年回台期間我也有体会到，其实妳每天固定要做的家事还真的是不少！所以……

这ㄍ美夢居然这麼長，还那麼充滿細節！！！

而我，其实今年送了什麼呢？——

只是一件在藥房領藥時順便買的便宜T恤啊！还有一个并没有的价值多少的2012（紀念今年）的銀幣。

不是我小氣，我有向大王解釋，基本上我还是会盡力自己出植牙的費用，在我如今老年出狀況他没逃開没嫌棄我已經很感动了！所以我需要省著点花」我的存款。

哎呀一

妳实在是……就知妳说了我願意出的！但，妳的礼物我还是很喜欢啦～

噴淚

我…我…我難道是世界第一辣咩？？？

你就諒我这樣自我感觉良好吧！

反正，這是夢吧？夢是不需要符合客觀現实的！

重點只是，它是我們肯磨市的T恤。

大王這幾年有收集金銀的習慣，所以我才會想到買銀幣。

就這樣，偶像劇來到520当天白天（註：前面的情節是在519跨520的夜晚上演的），每个520我们都会去燭光晚餐，自然這次也不例外，但这次还更加碼，從早午餐就開始吃（Brunch）豪華大餐。

我看你点这个海鲜好了，海鮮營養豐富，重点是柔軟，妳牙齒比較不用費力咬……

可是这是鎮店之餐，最失孝實的耶！！！

負責成人紙尿布那位

KENMORE

包大人，我是做了对了什麼！！？？福德好成这样！！！
福德宮
（还是夫妻宮？）

11年了，老公不是該厭倦我了更何況我还開始老化缺牙，視茫、而髮蒼、怎麼说也不可能比初見大王的時候美吧？可是我得到的对待卻大大好过11年前！

哭 → 腫，

再这樣下去，我应该去当兩性作家吧？我一定是个成功得不得了的人妻!!

本來飯後大王还要我桌甜桌，但我看一餐 Brunch 已经吃得太晚了，再吃下去还要吃晚餐嗎？所以就罢手了。

当然晚餐我們確实又去了一家法國餐廳，吃到甜桌都硬撐不下去的極致狀態。（有打包回家）

重点是再次日，大王不但真的泡了咖啡，还問了一个我以為我失憶了的問題：

妳晚餐想吃什麼？

H KENMORE

↑
我送他的丁恤他連穿了兩天，有没有这麼喜欢？!

对喔～從今天起你要煮喔～

我居然还在美夢不醒!!!

因為这樣，就讓我真々实々、誠々懇々地說一句吧——那威老公，真的是世界好！就算不是，我老公也是世界好!!!

平衡報導。

本以為，11週年的人妻女王应該是要這樣当的——

飯來了，我餵妳

呵呵～

← 某种豪華料理。

← 閃亮的日子。

誠實地說，這陣子雖然不用煮飯，但吃得不是很飲食均衡，大王自己也很忙碌，只好每天都外帶食物回來，但我覺得這樣也好，因為如果他下廚，最快也是九點十點才能吃到飯吧？趕稿需要體力，我沒辦法撐那麼晚才吃。這一點我沒有太多意見，只要有飯吃就好。

其它的他也做得還可以，我尤其喜歡免動手咖啡，不用自己泡感覺真的很好。

結果，大王第一天就給我吃速食……

沒辦法，今天工作忙，太晚下班了……

温蒂→

如果这还不夠，那他其实有加石馬一

我並不覺得我的心態是炫燿，我覺得我只是把很多事當成奇聞來共欣賞罷了，要不就是我覺得大王是某種獸，而我在記錄馴獸甘苦談……

好吧，我最近有在修，況且連著几天好夢不斷本來就不太真實，只能說我还真的蠻容易相信別人的，光明面也告訴我，这老公真是充滿了驚喜啊！比健達出奇蛋更讓人意想不到！

更何況，老母的叮嚀也常在我心——

妳說那什麼蕭偽～～!!!

在大王車子在廠維修的那幾天，他借用了我的車子上下班，就那麼短短的幾日而已，我的車子就又在他手上出了問題——儀表板上亮起檢查引擎的燈。雖說如此，但還是可以開。

我不懂車，以前發生這種狀況時我總是會很心煩，無緣無故車子就被弄出問題，還要趕快找時間去讓人修，但現在想起在荷蘭時，瑪優的車聽說那個同樣的燈在儀表板上亮很久了，她還是每天照開(但她哥哥是修車的，她有問過哥哥啦)。我於是就認為應該也可以拖一陣子，等我趕完稿再說，反正我也沒有天天需要開車。

不過就是覺得大王那雙手真是有魔，應該頒給他一個獎章還是什麼的，真是太神奇了！

事實上，這次大王的車不只是要保養而已，他的煞車燈有點怪怪的，經常不亮，所以要順便修理一下。而，所謂幫他把車開到保養廠是：我和他各開一輛車，到了保養廠後留下他的車，再一同搭我的車回家。

那間保養廠我去過很多次了，不過，路痴的我始終不太記得後半段的路怎麼走，所以一直以來都是緊緊跟著大王的車。

我煞車燈固障，記得不要跟太近，免得你不知道我減速了而撞上來。

喔……好

結果，大王可能很怕我撞上他還是怎樣，居然一路給我狂飆！

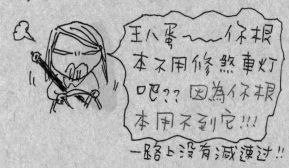

王八蛋～你根本不用修煞車灯吧？？因為你根本用不到它！！！

一路上沒有減速過!!

更可怕的突發狀況是,我們該下的那ケ高速公路出口因為在修路,居然關閉了!

死了!这樣我完全不会走啊～

這時,我和大王之間还突然插入了別的車,我立刻当場迷路。

開著開著(茫然地),我看到遠方彷彿有一輛車從沒亮起煞車燈,而它開向下一ケ出口,我立刻加了油門追上去,果然,是大王的車。

終於把車開到保養廠,接了大王踏上回家歸途,由於常用的高速公路入口正是關閉修路的那一ケ,回程我們倆一起迷路,还突然間看到google的辦公大樓。

原來google在这裡!!!

但这裡是哪裡??

有看到和沒看到几乎没差別

这廖一搞,回到家都快晚上11点了,可

該註一下,這時候是晚上,所以並不容易辨識出路上哪輛車是大王的,除非彼此距離不遠,不然遠方的車是很難看出顏色和車款的。

我平常很少在注意此類新聞,我並不知道GOOGLE在我們這裡也成立了營區,我當時還有個錯覺,我們是迷路迷到加州還哪裡去了。不過大王當然是知道有這回事,只是當天他也是第一次看到GOOGLE的營區。

以説，我説都没有当女王的感覺...

你要我現在去清貓砂盒嗎？

既然你还記得，那就趕快去做吧～

雖説擺久了也令生到息的...

其實，清貓砂盒和更新貓食、貓水向來是一組的，稍晚我偷偷檢查了一下，大王是清了貓砂了，但，他忘了補貓食和換貓的飲水。

呼—

算了吧，夫妻計較那麼多幹嘛呢？他有那个心要幫忙已経很不錯了!!!

我完全没有失望，我还是覺得，他会主动提出要做這些事，已経是史無前例的心意了！夫妻就是你補一塊，我補一塊，互相協力把生活安順計下去，這樣就是好日子了，不是嗎！……

截稿的這兩天，我家的貓也打架打到最高點（我其實也不知道處境會不會再更壞，會不會還有更高的驚爆點），我幾乎是以淚洗面了，因為這段期間我覺得我實在承受了非常多的壓力，生病（牙齒問題），趕稿，貓不合（再沒找出方法的話，我可能要被迫告別其中一隻──當然我會幫他找一個安心的去處，可是這畢竟不是我所願，我對他們任何之一都已經有感情了啊，但他們現在關係緊張到一打起來就停不下來地互咬互叫，而且隨時都會打起來，連我都被搞得非常神經緊繃，這樣大家怎麼一起生活下去？），面對一次多件讓人灰心的事，連我都覺得很難再維持正面樂觀。

不過，今早買了一個大貓籠之後，我心情有變好一些。那個大貓籠足以讓一隻貓有睡覺，吃飯，上廁所的空間，而且透明通風，我打算讓兩隻貓輪流關住進去，讓彼此再度重新適應有彼此存在的這個家，並且無法打架。

於是乎，我又記起這個簡單的處事方法：停止煩惱傷痛，找出解決之方，耐心慢慢突破困境。沒有過不了的難關，只是需要時間和耐心和方法。

和大家共勉！人生有時總會變得不容易，慢慢來，加油。Miao, 2012

國家圖書館出版品預行編目資料

西雅圖妙記 / 張妙如作. -- 初版. -- 臺北市：
大塊文化, 2008.07-
冊；　公分. -- (catch；145-)
ISBN 978-986-213-072-8(第4冊：平裝). --
ISBN 978-986-213-146-6(第5冊：平裝). --
ISBN 978-986-213-270-8(第6冊：平裝). --
ISBN 978-986-213-348-4(第7冊：平裝)

855　　　　97012130